死と生についての五つの瞑想

フランソワ・チェン

死と生についての五つの瞑想

内山憲一訳

水声社

原著刊行者序文

美というテーマはかつてドストエフスキーが主張したように、フランソワ・チェンにとっても、まさに世界の救済にかかわるものです。彼はその美について、伝えたいことの核心を言うために、血肉を備えた生身の人たちとの出会いを通して口頭で伝えるという迂回をする必要性を感じました。ですから、彼の『美についての五つの瞑想』は、まず記念すべき五夜を通して友人たちのグループと分かちあった後に、書かれた文字によって広い読者層と分かちあわれることとなったのです。

七年後、八十四歳のときに、詩人は死について語るという抗いがたい必要性のようなものを感じます。死について語る、つまりは「生について語る」ということです。なぜなら彼の話は、中国と西洋の思想の交差するところで、「開かれた生」の熱い展望《ヴィジョン》により着想を得ているからです。美は彼にとってあまりにも重要で緊急の問題であったために、学術的な論文の対象とはなりませんでした。それならば、死についてはどう言ったらよいのでしょうか！　そういうわけで、口頭のやり取りから文字化という流れの同じプロセスが、ここでも、自明の理として必要とされたのです。[*]

したがって、この「瞑想」もまた分かちあいから生まれ、詩人とその対話者たちとの交流という証《あかし》をとどめています。読者自身もこの交流の当事者となり、著者が「みなさま」と呼びかける聴衆のうちに数えられることになるでしょう。読者は著者が生涯の黄昏時に、多くの者ができたら避けたいと思う主題について真摯に語るのを聞くことになります。著者はおそらくかつてしたこともないほどに心を明かし、謙虚ですが大胆なことばを届けてくれます。彼は来世についての何らかの「メッセージ」を提出しようと思っているわけではありません。断定的な演説をしようとするわけでもありません。ただ、一つの展望《ヴィジョン》を証《あかし》しているのです。それは高みへと向かう展望であり、人間という存在に関する私たちの知覚をくつがえし、各人固有の死という光のもとで生を考察することをうながします。なぜならば、死の意識は著者によると、私たちの運命に完全な意味を与え、そのとき個々の運命は生成する大いなる「冒険」の一部をなすようになるからです。

ですから私たちは本書の中で、『美についての瞑想』と同じように、螺旋をなす思考の中に身を置くことになります。その思考は何度もあるテーマ、ある語に戻ることをためらいませんが、それらをより深く問い直すためなのです。しかしながら、その思考そのものも言語の限界を自覚しています。死を前にして私たちが言葉をなくすようなときが常にあるからです。そのときには沈黙が……あるいは変容した言葉である詩が必要となります。それゆえに第五回目の「瞑想」は、うたわれた言葉が死の彼方で凱歌をあげることができるように、詩という経路をたどることになるのです。

ジャン・ムタパ

＊　『美についての五つの瞑想』(Albin Michel, 2008) の誕生に大きく関わった一連の会合と同様に、ここで話題となっている会合は、ヨガ教師全国連合本部の立派なヨガ稽古場の一室を借りて催されました。連合の責任者たち、特にイゼ・タルダン＝マスクリエとパトリック・トマティスの両氏の歓待に厚く感謝いたします。〔原著刊行者による注。以下、傍注はすべて同じ。本文中の割注および後注は訳者によるもの。〕

目次

第一の瞑想

みなさま、ご来場ありがとうございます。この場にみなさまを迎えることができたことに感謝いたします。昼から夜へと移り変わるこのとき、こうして予定どおり私たちは集いました。今この瞬間から、みなが共有することばが私たちのあいだに黄金の糸のような時を紡ぎ、万人が分かち持つことのできる真実に形を与えようとしています。

ところで、少し考えればわかることですが、私たちはみな遠くからやってきたということを認めざるをえません。私たちだれもが、知らない世代が織りなす長い家系を受け継ぐ者であり、自ら選び取ったわけではない解きがたい血のつながりに決定づけられています。私たちがここに共にいることを欲し、また実際にそうすることができる。共にこの場にいるという事実になんらかの意味を見出すことができる。そのような必然性はありませんでした。本当に私たちはこの謎に満ちた宇宙のただ中で迷っている。そこでは、多くの者が考えるように、純粋な偶然が支配しているのではないでしょうか。なぜ宇宙はあるのかわかりません。なぜ生命はあるのか。それもわかりません。なぜ私たちはここにいるのか。これもほとんど何もわかりません。繰り返しになりますが、多くの者にとって、宇宙がある日生じたというのは偶然です。初めに、何かとてつもなく密度あるものが爆発し、無数のかけらとなりました。ずっと後になってからですが、このかけらの一つの上に、ある日生命が生じたのも偶然です。いくつかの化学元素がありえないような出会いをする。すると、ほら、ひょっと、「それ」が生じたのです。しかし一度このプロセスが引き起こされると、「それ」は止まることなく伸び広がり、サイズと複雑さを増し、伝えられ、変形され、私たちが「人間」と称する存在の到来へと至るのです。この最後に来たものは、いわば限界のない宇宙という巨大な存在に対して、いったいどんな重要性をもっているのでしょうか。生命が現れたかけらは他の数知れぬかけらの中にあって砂粒よりも大きいというのでしょうか。現在流布している見通しによると、いつか人間は消え去り、生命そのものも消え去ります。干からびたパン屑ほどの痕を残すこともありません。宇宙がそれに気づくこともありません。このような展望においては、私たちが自らを重視すること、今晩ここに集い、もったいぶって死について、それから生について瞑想しようとすることなどあまり話にならない。というよりも、まったくばかげているということにならないでしょうか。

けれども、私たちが今ここにいるのは、この問題提起があるからであり、それが私たちの心を刺しつらぬいているからである。これは否定できません。この問題が存在すること自体一つの指標になっています。私たちがいることにいかなる意味もなければ、意味という考えそのものが心をかすめることもなかったでしょう。ところで私たちは、人類がずっと以前から、この宇宙のただ中、知りそめて大いに愛するようになったこの宇宙のただ中になぜ自分たちがいるのか自問してきたことを知っています。また同時に、自ら死すべき存在であるとわきまえるゆえに、この問いが一層不安をかきたてるものであることも知っています。死は猶予を与えることなく、私たちを最後の砦まで追いつめているのです。たぶんこれこそが、私が大胆にもみなさまの前でこうお話している理由です。そのための特別な資格など私にはありません。つまるところごく平凡な、いくつかの特徴が私のアイデンティティを形作っています。私は若くして死ぬはずでしたが、結局、充分長い間生きてきました。多くの時間、というよりも休むことなく私は本を読み、ものを書き、特に思索し瞑想してまいりました。広大なユーラシア大陸の両端に位置する二つの文化を私は受け継いでおります。両文化は文字通り私を引き裂くに足るほど異なるものではありますが、もし私が両者の最良の部分だけを受け継ぐならば充分におのれを豊かにするに足るものです。私のことばは一生涯に渡るこの対峙が刻印されたものとなるでしょう。

まず初めにごく率直に、私は生命の秩序の中に決然と身を置く者の一人であると言っておきます。私たちにとって、生命とは決してこの宇宙というとてつもない冒険のただ中にある付帯的な現象ではありません。宇宙とは物質であり、自らそう知ることなく自然にできてしまったもので、この百数十億年もの間ずっとおのれの存在を知ることもないのだ。このような世界観に私たちは満足しません。自らを知ることもないのに、意識を持ち行動する存在を生み出すことはできて、そのものたちはごくわずかのあいだに宇宙を見て知り愛し、それからあっという間に消えていったのだ。そんなことはみな、なんの役にも立たなかったかのように……いや、今日常套句となっているこのようなニヒリズムは間違っていると、断固として私は申したいのです。物質がなければ何も存在しないのですから、もちろんその価値は充分に認めます。それがゆっくりと進化し、目覚め、生命に至ったことも観察できます。しかし私にとってみれば、生命の原理はそもそも始めから宇宙の出現の中に含まれていたのです。それにこの原理を抱く精神とは、単に物質から派生したものではありません。それは始原の性質を帯び、ゆえにその驚異的な複雑さによって心を打つ生命の出現プロセスの刻印を秘めているのです。自らの運命の悲劇的な状況には敏感でありながらも、私たちは生命の計り知れぬ厚みにすっぽりと包み込まれるままになっている。その厚みとはまた数知れぬ未知の約束とことばに尽くせぬ感動の源でもあります。

私はあの生を弁護する者たちのうちの一人ですが、それには付け加えるべき一つの理由があります。私はかつて第三世界と呼ばれていたところからやって来ました。私たちは当時、虐げられた者たちの種族でした。永遠に肉体がさいなまれ、心は悲しみに沈む者、苦痛と喪の悲しみを担う者、あまりに恵まれず、ほんのわずかの生のかけらさえ僥倖と受け取っていた者。私たちがそうであったような恵まれぬ者は、生に限りない愛をささげる理由を持っていました。それは、私たちは生活のあらゆる苦水を飲んだわけですが、ときにはまたその未聞の味わいも享受したからです。

ですから、あらゆる形のニヒリズムを拒否する私たちとしては、生の秩序にイエスと言うことを告白するのです。それはある意味においては、受けた教育や抱く確信がいかなるものであれ、道《タオ》の直観につながるものです。生ける宇宙の、あの方向づけられた広大な歩みである「道」は、生の「気」が「無」から「万物」を生じさせたことを私たちに示します。唯物論者にとってはまさに「何もない」わけですが、私たちが同様に「無」について語るとき、それは「万物」を意味しています。ですから、道教の父である老子の表現を借りるならば、「有るものは無いものから来ているし、無は有るものを含んでいる」と言うことができます。

そこに一見私たちの理解力を超えるような神秘があるのですが、おそらくまったく理解不能というわけではありません。私たちのささやかな尺度においてですが、だれでも無とは何かというごく私的な経験を持っているからです。それは、私たちは死を免れえないという事実そのものから来ています。すべてを無に帰すという信じがたいプロセスを死は体感させてくれます。「何も無い」という状態を私たちに理解させるのです。生涯のうち、みなそれぞれが、身近であれ遠くからのものであれ、親しい人たちや見知らぬ人たちの死に対面してきました。別の観点から言えば、私たち自身、何回か「死ぬ」ほどの思いをしてきたのです。そこには個人の死であれ、種の死であれ、死の遍在と力とを自覚するに足るものがあります。しかし、これもまた奇妙なことですが、直観的に私たちは知っているのです。つまり死を意識することこそが、生を絶対的な善と見なし、生の出現を他のなにも代わりにはならない比類なき冒険と見なさせるのだと。

けれども、一歩踏み出すに至る前に、私たちの「瞑想」はやはり死そのものの謎、二重の謎にぶつかります。まず私たちは死の実相をはっきり捉えることができません。運命の一線を越えてから戻ってきて証言した者などだれもいません。他方、私たちには死が存在しないような生の秩序を具体的に想像する能力もありません。だれもが永遠の生を望みますが、その望みはまったく正当なものです。試練に満ちた冒険に巻き込まれているゆえ、そのような永遠を切望する権利があるのです。しかし私たちは、「永遠の生」と呼ばれるものの正確なヴィジョンを実際に享受することができるでしょうか。いかなる条件、いかなる制約のもとに、そのような生の秩序が考察可能かを知ることはできません。その秩序の概念を持つためだけでも、私たちにはおそらく、とても大胆で困難な努力を要する想像力が必要でしょう。私は最後の「瞑想」のさいに、この問題に戻ることにします。

それでもとりあえずは、私たちのここでの生の経験によって、人が死というものを全く知らない生の形をしばらくのあいだ想像してみましょう。人はつまり初めからここにいるわけであり、初めからこの時にいるということになります。それに、「常に」とか「この時代の」とかいう言葉は彼らのボキャブラリーにはありません。というのも実際、彼らの宇宙には時間というものがないからです。初めからすべてが与えられているのですから、時の経過とか更新とかという観念はありませんし、ましてや変化や変容という観念などありません。すべてのことが繰り返され、また延期することができますから、彼らのうちには、何かを実現しようとする抗いがたい気持ちの高まりも、抑えきれない欲望もありません。生に対して彼らはいかなる驚きも、いかなる感謝の気持ちも感じないでしょう。生は際限なく継続される所与として感知されるのであり、決してかけがえのない望外の贈り物と受け取られることはないでしょう。

この仮想世界の描写をこれ以上押し進めることはやめておきます。すでに今までの描写だけでも、私たちは生という観念の本質を自覚することができるのですから。この観念を特徴づけるように見える一つのことば、つまり「生成《ドウヴニール》」ということばが、私たちの心に浮かびます。そう、生とはこれです。起こり生成する何かなのです。一度起こると、それは生成のプロセスに入ります。生成がなければ生というものはないでしょう。生とは成ることによって生であるわけです。それゆえ、私たちは時間の重要性を理解します。それは時間の中で展開するのですから。ところで時間というもの、それを私たちに与えたものがまさに死の存在なのです。生・時間・死は——死・時間・生と言うべきかもしれませんが——解くことのできぬ一つの全体です。言葉遊びは好きなようにできますが、人はこの相伴い互いに加担し合い、すべての生ある現象を決定づける三つの実体から逃れることはできません。時間は生をむさぼり食う恐ろしいものに見えるかもしれませんが、同時に生を供給する大いなるものでもあるからです。私たちはその支配を受けますが、それは生成のプロセスに入るために払わねばならぬ代償です。この支配は絶え間ない誕生と死のサイクルによって明らかになっていますが、私たちの運命の悲劇的な条件を定めています。それはまたある偉大さの基礎ともなりうる条件です。

肉体の死は私たちの強い不安や恐怖の原因であり、犯罪者たちの手にあっては「悪」の最高の道具ともなります（このテーマには別の「瞑想」を割く予定です）。ですから、その肉体の死が生にとっては必要であるということに気づくと、私たちは驚愕してしまうのです。怯えてしまうか、あるいは内省に浸るかは、個々の観点の違いによります。死は私たちの存在の最も内密で秘すべき個人的な次元であるのかもしれないからです。死とはその周りに生が連なる節目、なくてはならぬ節目のようなものかもしれません。この意味において革新的なのは、アッシジのフランチェスコ〔イタリア中部のアッシジに生まれた聖人（1181/82–1226）。小鳥など小さな被造物にまで至る愛によって親しまれている〕の『被造物の賛歌』です。彼は肉体の死を「われらの妹」と呼びましたが、その時、一つの視野の転換が私たちに与えられました。死を生のこちら側から何かおぞましいものとして見つめるのではなく、自らの死というあちら側からこの生を考察することができるようになったのです。この視点に立つと、生きている限り、私たちの進路決定と行いは常に生に向けての跳躍となるでしょう。

このように視点を切り替えなければ、私たちは生について閉じられたヴィジョンに支配されたままになります。つまり何をしようとも、私たちの生は尻切れトンボのように、つまり「虚無」という一語に帰する結論によって締めくくられるのです。その結果、人は自分の生を、まるで死刑囚が牢獄に抑留されている状態のように見ることになります。執行は延期されてはいるが、結局のところ不可避です。または、狂人がいわゆる「墓穴が開いたように」猛スピードで運転する自動車レースのようなものと思ってしまいます。そのレースは、いつかはわかりませんが必ず起きると予想される事故が起きるまで続くのです。ところがその代わりに自らの死の意味を深く理解した上で生を考察するならば、生に関するより開かれたヴィジョンを享受することになります。それはまさに、生命の起源のプロセスに応じて、私たちがあの偉大なる「冒険」に参加することになるからであり、私たちの生涯の一瞬一瞬がそのとき生に向けての跳躍となるからなのです。

＊

今まさに私たちの「瞑想」は一つの転回点に至りました。さらに歩みを進めるために、私たちに先立つ者のうち、死という問題に真摯に対峙した人たちに注意を向けてみましょう。ハイデッガー〔ドイツの哲学者（1889–1976）〕にならい、哲学的思弁を超え、詩人たちのことばに信を置くことにします。それはその心情の抒情的発露のためではなく、ことばを生み出した閃光を放つような直観、まさに血肉を備えたようなその表現性のゆえです。まずオウィディウス〔古代ローマの詩人（B.C.43–A.D.18）〕やダンテ、イギリスの形而上詩人たち、ミルトンやエリオットのことば、フランスではボードレールやペギー、ヴァレリー、あるいはクローデルのような詩人のことばが思い浮かびます。しかし最も独創的な物の見方は疑いようもなくリルケ〔プラハ生まれのドイツ語詩人（1875–1926）〕の視点です。初期の有名な詩「主よ、各人に彼固有の死を与えたまえ」から最後の作品『ドゥイノの悲歌』に至るまで、死が彼の生涯の中心テーマでした。少々時間を費やして、その声に耳を傾けてみましょう。私にとって、そうしないことは礼儀に反することになります。それは根本的に彼の言に同意するからであり、その同意は初めて「主よ、各人に彼固有の死を与えたまえ」を読んだときすでに自明の理として私に訪れたものだからです。

一九四八年暮れ、フランスに着いた直後のこと、私は二十歳くらいになっていました。私の心はあまりにもこの詩に共鳴したので、そこに自分自身の声を聴くような気がしました。この時期以前、私の思春期と少年期のすべての年月が戦いという星のもと――日本軍に対する抵抗戦争（一九三七―一九四五）、一九四六年からの内戦――に置かれていたことを思い出してください。中国は混乱の極みの中で貧困に落ち込んでいました。戦いや長征や爆撃、結核やマラリア、髄膜炎、コレラなど、死と同義語であるような様々な病気を背景として、私たちの生は長年に渡って極めて不安定な状態にありました。同世代の者たちは若くして死ぬのではないかと恐れていました。特に私などは虚弱体質だったものですから、他の者にもましてそう思っていました。けれども生きようとする私たちの欲望が、これほど激しかったことはありません。生きていたいと飢え渇望する思いには果てがなかったのです。ほんの一筋の日の光、ごくわずかな露の滴でさえも、私たちに震えるようなときめきを与え、ほんの一口の豆乳や野生の果物が私たちにとっては限りない味わいを秘めていました。愛を求める情熱がすでに蜜の味わいの予感で私たちをとらえ、燃え立たせては灰のような後味を残したりしました。

後になってフランス語で書かれた私の最初の詩は四行詩ですが、若き日のこの経験を反映しています。

われらは自らの血と引き換えに
あまりにも多くの露を飲んだゆえ

百度も焼かれた大地はわれらが
生きていることに感謝するのだ。

ですから、ごく初期から私はこう意識したのです。死に近きゆえに、私たちはこのように熱く切迫した思いで生きようとしているのだ。そしてことに、死は私たちの上にのしかかり、まるで磁石のように引きつけ、ある形の自己実現をうながしているのだと。死が果樹の内部で作用するのも同様です。果樹は葉が茂り花咲く段階から、抗いがたく果実の段階へと移ります。果実とは充実の極みの状態を意味すると同時に、終わりを迎え大地に落ちるのを受け入れることを意味しています。十五歳の時に書くことを始めた私にとって、自己実現の形とは詩でありました。ですから、繰り返しこう思ったものです。「生涯の長さなどはどうでもいい。自分のものである死を迎える、つまり詩人として死ぬならば。」肖像画が私の部屋を飾っていたキーツやシェリー〔キーツ（1795–1821）、シェリー（1792–1822）はイギリスの詩人。シェリーの最晩年については第四の「瞑想」で詳述される〕のような人にならって、詩人として死ぬのだと。

今度はリルケの詩、「貧困と死の書」の抜粋を読んでみましょう。

主よ、各人に彼固有の死を与えたまえ
一人ひとりが愛を、ある意味とその悲哀を見つけた生、まことにこの生の出口であるような死を。

なぜなら私たちは葉であり樹皮にすぎないけれども
一人ひとりが内に秘めた偉大なる死は
その周りですべてが変わりゆく果実なのだから。
この果実のために、ある日乙女たちは立ち上がる
リュートからほとばしる若木のように。
そして少年たちは大人になる夢を見て
若者たちは女にうちあける
だれも他のやり方では理解できぬ彼らの苦悩を。
この果実においてこそ、かつて見たすべてのものは
とうに忘れ去ったとしても永遠のままに残る。
そして創造し打ち立てる者はみな
果実を取りまく世界となり、霜を置いたり溶かしたり
風と光を供給したりしたのだ。
果実にはすべての熱気が吸い込まれた

熱気とは心であり頭脳の白い熱情であり……

けれども主よ、あなたの天使たちは鳥の群れのように
過ぎ去る。この果実はみなまだ青いと思うから。*

一人ひとりの死が彼自身から果実のように生まれるがゆえに、自身にふさわしい死であるようにとの熱い願いを、リルケは述べています。また実は私たちもみな気づいていることなのですが、次のようにも言っています。果実が地面に落ちると根の近くに転がるので、それは土壌を肥やすことによって根の持つ再生力に関与することになるのだと。草木の根は死の場であると同時に生の場です。ですから他の詩篇で彼は、根の張る場に、つまり私たち自身の死が生じる場にとどまることを推奨しています。この勧めは決して死に溺するような感情から生まれたものではありません。なぜならば、前もって自身の死に交わるということは生の源に交わること、さらに遠くでは無から万物を生じさせたあの言語を絶する冒険が始まった「始源」に通ずることだからです。リルケにおいて、これは視野の転換、まさに私たちが前に検討した転換の始まりです。つまり生のこちら側から死を見つめるのではなく、死から始めて生を検討するということです。

その後リルケは自身のヴィジョンを広げることになります。しかしここでもう、ある奇妙な一

致を指摘しておきましょう。詩人の直観は、『道徳経』の中で老子〔一般にいう『老子』とは老子（古代中国で、天地自然の摂理ともいうべき「道」を説いた思想家とされるが、詳細は不明）が著した書の通称であり、上下二篇に分けられ、上篇は「道経」、下篇は「徳経」、総称で『道徳経』と呼ばれる〕によって与えられた偉大な教訓に密接に対応しているのです。老子は第二十五章において、「道」の歩みは循環すると明言しています。

世界を生んだ母とはこのようなものだ。
名前がないので、私はそれを「道」と呼ぶ
他のことばがないので、それを「大なる」と呼ぶ
大とは広がりを意味する
広がりとは遠く離れていることを意味する
遠くまで達して、また帰って来るのだ。（一）

＊　R・M・リルケの詩の引用は彼の友人モーリス・ベッツ (Maurice Betz) のフランス語訳 (Poésie, Éd. Émile-Paul Frères, 1938) によるが、本書の訳文は著者によって改変されている箇所もある。〔本訳書中のリルケの詩の訳は、チェンの原著にあるフランス語訳からの日本語訳である。ただし本詩篇十五行目の終わり「霜を置いたり溶かしたり」の「溶かす」という動詞に関しては、文脈から見て原著で fondèrent（築いた）となっているところを fondirent（溶かした）と解釈し直して訳してある。――訳者〕

また第四十章では、次のように読むことができます。

帰って来ることが「道」の動きであり
柔弱さ、これがそのはたらきの法だ
あらゆるものが有るものから生まれ
有るものは無いものから生まれる。[二]

もっと後になると、道教の考えは「道」を大河にたとえています。大河は海に流れ込む前は戻ることのない運行で、まったく無駄に流れ下るように見えます。しかし現実にはその流れのあいだ、川の水の一部は蒸発し空に上ります。そこで水蒸気は雲に変わり、それから雨となって山々に降り、その源においてまた川に補給することになります。生の働きかたの基本的な法則とはこのようなもので、中国の詩歌や絵画の伝統はこの法則を環境科学の最近の成立よりはるか前に明らかにしているのです。

力を補給するために始源に立ち返ることをやめない「道」の循環する歩みにならって、老子は各人に自分自身の生において同様に「早めの帰還*」を行うように促します。この帰還とはまさに根っ子へ帰ること、真の持続の源にある始源へと戻ることを意味しています。私たちはここで、どうしてもこのリルケの詩句を思い浮かべてしまいます。

すべての永訣に先行せよ。別れがみな
あなたの後ろにあるように、まさに遠ざかってゆく冬のように。
あまりにも長い冬がある。冬ごもりのあいだに
心がすべてを乗り越えてしまう、そんな冬もあるのだから（三）。

リルケは道教を知りませんでした。ドイツ語で書く詩人として、彼はまずゲーテ、ヘルダーリン、ノヴァーリス、ハイネなど、ドイツ文化圏の詩の大御所たちの影響を受けました。ロマン主義のただ中において、たまたまゲーテとヘルダーリンは二人とも、愛の情熱を通して死に近づく経験をしています。周知のようにゲーテは、実に不幸な愛の果てに、『若きウェルテルの悩み』を書いています。この本を読んだ後で多くの若者たちが、同じように愛に絶望して、自らに死を与えました。ゲーテ自身は書くことによって救われたのです。それ以来生涯にわたって、まず自らに課し、また人々に提案することにもなる、「死して、新たに生成せよ！」という命令を忘れ

＊　『道徳経』第十六、二十八、三十三、五十二、五十九章。

ることはありませんでした。ヘルダーリンの方は人妻であるズゼッテ・ゴンタルトと、絶対的な、そして不可能な愛を結びました。そのことで彼女が亡くなってから、彼はある形の狂気に落ち込んだのですが、次第に安らいでゆく短い詩を書き続けていきます。それ以前に大きな作品の中で、彼は、「開かれているもの」に対する憧れを表現していました。リルケはこれら二つの観念、「死して、新たに生成せよ」と「開かれているものに向かう」を自らのものとしましたが、それによって、自分の持つ生と死の総合的なヴィジョンを広げることができたのです。

「開かれているもの」とはヘルダーリンの見方においては、確かに死を含んではいるが、死の意識に阻害されず囲い込まれてはいない状態、あるいはそのような無限の空間を指しています。リルケはより具体的に、それを生と死という二つの側面を統合した「二重の王国」という概念で言い表し、その片方だけにしがみつくのではなく、王国の中心に身を置くことを私たちに促しています。『ドゥイノの悲歌』第一歌において、彼はこう主張しています。

だが生ける者たちの過ちは、はっきりと区別しすぎること。
天使たちは生者たちの間を行くのか死者たちの間を行くのか
知らないだろうと言われている。
永遠の流れは生と死の二つの王国をつらぬき、

すべての時代を押し流し、その大いなる響きは
二つの世界で、あらゆる声を呑みこんでいる。

『ドゥイノの悲歌』と同年の『オルフェウスに寄せるソネット』のある歌において、彼はこう確言しています。

影たちのあいだでもすでに
竪琴をかかげた者だけが
限りない褒め歌を
直感し歌うことができる。

死者たちと共に罌粟《けし》の実を、
彼らの罌粟の実を食べた者だけは、
もはや二度と失うことはない、
いかにかすかな音さえも。

池に映る影はしばしば
見るうちに崩れてしまう。
だから真実の像《かたち》を知るのだ。

「二重の王国」においてようやく
歌声はやさしく
永遠《とわ》のものとなるだろう。

「開かれているもの」に関して、リルケは他方で、人間は動物から学ぶべきことがあると指摘しています。なぜならば動物たちは目を見開いているとき、「開かれているもの」を見ているからであり、走っているときには限りのない純然たる空間に向かっているからです。ところが人間は子どものころからすでに、触って確かめることのできる世界、安全だと見なされる世界、したがって念入りに閉じられた世界にのみ目を向けるようにしつけられているというのです。この閉じられた世界から人は死の影を排除しますが、廃墟とか難破のようなものとしてイメージされる終局、毎日よりいっそう近づいている終局、このような観念を追い払うことはできません。ハイデッガーはこう言っていないでしょうか。「人は生まれるやいなや、死ぬには充分老いているのだ。」リルケの八番目の悲歌では、次の詩句を読むことができます。

外側にあるものは動物の視覚によってしか
知ることはできない。なぜなら子供のときから私たちは
後ろを振り返り、形あるものの世界を見つめ、
「開かれているもの」を見ないように強いられているから。
動物の目の中のそれはあまりに深く、死からは自由だ。
私たち人間はその死だけを見ている。
自由な動物はいつも自分の衰えを後ろにして
前に臨むのは神だ。前に進むときには
泉から水が湧き出るように永遠に向かうのだ。

詩人はその『オルフェウスに寄せるソネット』(第一部、第二十歌)で呼び起こしている逸話、ロシアでのある春の宵の鮮やかな思い出を決して忘れていません。草地で夜を過ごすために村からやってきた一頭の白馬が自由気ままに駆けています。そのたてがみは、体内で血がめぐるリズムで馬の首をたたいています。血のめぐりは実に世界を活気づけてめぐる波動に共鳴していまし

た。この光景もまた、私には道教のヴィジョンに近いように思えます。さらには、フェルガナの駿馬に呼びかけた杜甫の有名な二行も思い起こさせます。

　おまえが行くところに限界はない
　死も生もおまえに託してみよう[四]！

*

　みなさま、夜を告げるこの時間、一日が終わり新たな一日が始まるこの瞬間に私たちはたどり着こうとしています。活力を与える時間《とき》の流れが過ぎてゆくのを感じます。それに身をゆだね、同意しようではありませんか。ですから私たちの姿勢を、さらにはものの見方を転換しようではありませんか。生という、このひとつの側面にだけしがみつくのではなく、生と死という「二重の王国」の中心に身を置いてみましょう。そこでこそ、世界の生成のただ中での私たち個人の生成の、より総合的な観点を享受することでしょう。そこで、無から万物へ、不在から存在へと向かう「道」の絶え間ない歩みに沿って、私たちもまたおのれの最も秘められた奥底より死から生へと——生から死へではなく——歩を進めることができ、苦悩と喜び、涙と血をすべて呑みこむ魂の果実を求める動きにつき従うことができるのです。
　忘れずに申しておきたいのですが、生と死の「二重の王国」の中心とは、とりわけ生きている者たちと死者たちとの対話が実現するような場です。この死者たちの世界に自足することを話題にしているのでないことは明確にしておきます。問題の「対話」とは、ただ単に私たちと同じように生きた者、自らのうちに渇きや飢え、実に多くの満たされぬ欲望をまるごと抱えながら、他の境遇の生を生きている者に関わるものです。したがって「二重の王国」の中心では、死者たちはもはや今日よくあるように、無名のまま瀕死の状態で病院の片隅に運ばれ、それから死が訪れると霊安室の隅に置かれ、火葬の後ついには遺灰箱に入れられる、つまりはだれもがもうその人のことを考えることを避ける、そのような人たちではありません。ここでは反対に、彼らのどよめきは私たちにまで届きます。よくわかり、限りなく感動的な、心から漏れ出るつぶやきのように、大きな試練によって濾過され精製されたものに似たことばのように届きます。なにしろ、死者と共にいるときは耳をそばだてているにかぎります。私たちに言いたいことが彼らにはたくさんあるのですから。大きな試練を経ているので、死者たちはいわば奥義に通じた者です。生を再検討し別な風に生きなおすこと、生を永遠というものさしで測ることが可能なのです。彼らはみな、守護天使として私たちを見守ることができます。死者たちを記憶の地下牢に入れたままにするほど私たちが恩知らずでなければ、彼らは私たちに何かをしてくれます。そうです、彼らなりのやり方で私たちを守ることができるのです。私たちが喪に服しているとき、このような物の見方をすることが悲しみを乗り越える助けともなります。

以上のように述べましたが、それは私が祖先崇拝を何千年ものあいだ培ってきた国からやってきたからでもあります。（――もっとも今日、その慣習は中国ではなくなりつつあるのですが。）家族や村の単位で、お寺が先祖たちの名が記された戸籍簿を保管していて、みな彼らを敬うことを教えられていました。多くの家には先祖にささげられた仏壇が置かれていました。死者の日には幾世代もの人たちがお墓の周りに集まり、一人ひとりが平伏しながら、その埃を払う動作をしたものです。また安心し穏やかに心かよいあう雰囲気の中、その場で一緒に食事をすることもありました。

なんと辛抱強い、胸を締めしめつけられるような、人の血のつながりでしょうか！　遥か遠くまでさかのぼるものですが、それでも血のつながりとは時間の闇の中にたなびく煙のように消えてしまうものではなく、具体的で現在に続いているのです。自分たちの後ろには数えきれないほどたくさんの無名の人たちがいて、過去の霧の中に消えてしまっている。こう思う私たちの印象は間違っています。なにしろ現実には、一世紀に三つないし四つの世代、千年では三十から四十の世代が数えられるだけであり、これは比較的少ないものです。ですから、先祖は私たちが思うよりもずっと私たちに近いのです。このように約束と希望は伝えられてゆくのであり、このつながりがあるゆえに私たちは品位を保たねばならず、ある程度まで自分の運命に価値と意味を見出すことができるのです。

死者たちを忘れないこと、それはしたがって、より普遍的な意味で彼らに感謝する、そして彼らを通して生に感謝すること、それを覚えることになります。子供のときから私たちは生きてゆくために、両親はもちろん他の近親者、そして家族以外では友人や医者、またちょっとした行為で私たちが危険な目にあわないようにしてくれた名も知らぬ人たち――そのような、思いもよらぬほど多くの人たちからの世話や親切の恩恵にあずかってはいないでしょうか。彼らのうちの多くはもうこの世にはいません。さらに遠くに考えを押し進めるならば、国を守る戦争に身をささげたすべての兵士たち、大災害時に命を落としたすべたの救助者たち、人類がより良く、より長く生きることを可能にした様々な分野の科学者たちのことも、もっと考えなければならないでしょう。この「人類」とはすべての個人の中にいます。そして個人一人ひとりは、生を真剣に生きる限りは、人類の「冒険」に参加しています。その冒険とはもっとはるかに広大な冒険、つまり生成する宇宙の冒険の一部をなしているのです。

人類にとって、そして私たち各々にとって可能な「開かれているもの」とは何でしょうか。当然の問いではありますが、私たちは確かに、この問いに決定的な回答を与えることはできません。けれども、それについて語ることは許されております。私は最後の「瞑想」においてそう試みるつもりです。

今まで述べてきたことを総括して、このようにまとめてみます。私たちの物の見方に死というものを組み入れてみる――それは、かけがえのない気前の良さで与えられた贈り物のように生を受け入れることであると。「死には、望まれていた通り口を私たちの奥底に至るまで開けるという役割がある」とテイヤール・ド・シャルダン〔フランスのイエズス会司祭・古生物学者（1881–1955）。無生物から人類に至る進化を神に向かう壮大な歩みとしてとらえた〕は書いています。死に対してバリケードを築き目をつむるということは、むしろ毎日一銭一銭出費を数え上げるような、けち臭い節約に生をおとしめることになるのです。

最後に、エティ・ヒレスム〔『アンネの日記』のアンネ・フランク（1925–1945）のように、ナチス占領下オランダのアムステルダムで暮らしていたユダヤ人女性（1914–1943）。その日記は四十年近く後に祖国オランダで出版され反響を呼び、多くの言語に翻訳された。日本語版は大社淑子訳『エロスと神と収容所　エティの日記』（朝日選書、一九八六年）〕の偉大なる声を聴いてみましょう。彼女はアウシュヴィッツのガス室でナチスに殺されてしまいました。その前に、すでに危険にさらされながらもまだ普通に暮らしていたころのある日、日記にこう記しています。『私は生に決済をした』と言ったが、それはこういう意味だ。死ぬかもしれないという可能性は私の生に含まれている。死を正面から見つめることは死を生の構成要素として受け入れることであり、この生を広げることになるからだ。逆に死が怖くて受け入れるのがいやだから、今からこの生の一部を死に供えるように恐れながら生きるならば、その名に値しない切断された生の哀れな切れ端しか持っていないことになってしまう。これは逆説に見える。死を生から排除することにより完全な生を手放すことになり、死を受け入れることにより生は広がり豊かになるのだ。」

第二の瞑想

みなさま、私たちは再びここに集まっています。なぜならば私たちは共通のテーマ、だれもその前から逃げることのできぬ、この死というテーマに心奪われているからです。前回は私たちの視点を転換することについてお話しいたしました。生のこちら側から死を見つめるのはやめて、不条理な終わりとしてではなく、私という存在の果実としてとらえられた死の方から生を考察することができるのではないか。予測できぬことばかりがひしめく不確かな世界のただ中で、絶対に確実なことを私たちは一つしか持っていないからです。それは私たちだれもが、いつかは死なねばならないということです。

だからと言って、この絶対性の前ではもう何も言うことができないのでしょうか。私はそうは思いません。それは、生があるゆえに、死は私たちにはまったく絶対的なものとは見えないという単純な理由からです。実際に、もし生が存在しなければ死もないでしょう。死とは生のある状態の停止ということですから、その「絶対性」はそれ自身から出ているものではありません。それは言うなれば、他のより絶対的なるもの、つまり生を出現せしめたなにかだけが課すことができたのです。この「始源」はそれに固有な法則の一つとして死を課し、そのことにより死そのものが生の絶対性の証拠の一つとなりました。私たちは死を思うことなく生を考えることはできませんし、生を思うことなく死を考えることはできません。しかし、この分かちがたい二項の中において優位にあるのは生です。それでも死が最後に勝つのでしょうか。それは極めて疑わしいことです。

また後で瞑想が深まるのに応じて、考えをさらに発展させるかもしれませんが、まずここでただちに一つのことをはっきりさせておきます。生の絶対性とは、それが各人に贈り物のように与えられるものではありますが、一つの要求でもあることを意味しています。それはある数の基本的な掟を伴うものであり、その掟こそ開かれた生を保障する、したがって真の自由を保障するのです。生きるということは、ただ肉体として存在するという事実に限られるわけではありません。それは身体と精神と魂で構成されている存在をまるごと抱えこむことです。生きるということはさらに言えば、個々の人間を、「存在」そのものの冒険の中に引き入れることなのです。

私たち一人ひとりが他の人たちにつながり、そのだれもが世界の始まりから「道」の歩みを守っているある広大な「約束」に結びついています。あらゆる位相で確かめることのできるこの根本的な結びつきにおいては、個人の運命と、宇宙の運命をつかさどるものとの間に、暗黙の責任を伴う契約、あるいは協調のようなものがあります。この点、中国人の考えでは、おのおのの生に割り当てられているものを指すにあたって「天からの委託」という概念を用います。各人がこの任務を不自然に中断することなく、最後まで責任をもって引き受けねばなりません。人はまさにこの「最後まで」の試練に立ち向かうことによって、より小さくはできぬ自分の真実、取り換えのきかぬ自分の持ち分で自らを現すのです。ですから自殺というものは人が何と言おうと、一般に「存在」との関わりにおける悲劇、一種の失敗と受け取られるわけです。

生は優位にあると私は申しました。それでも、生きている私たちが困難をかかえているという事実に変わりはありません。私たち人間はこの世で、抜き差しならぬ不可避の状況に陥っています。日にちも時間も知ることなく死ぬのだという確信は、私たちの中で不確かなことすべての源になっています。どれほど身を安全にする措置を取ったとしても、私たちは、いつ病気になるか、事故にあうか、命に関わる争いに巻き込まれるか、親しい人たちを失うことになるかといったようなことに、怯えながら生きています。ですから、常に強い不安のもとにあるのです。このような状況を考えると、共にここにいることの奇跡、真の交流というこの稀な幸福を分かちあっていることの奇跡に言及するだけの理由は充分にあります。

私は今「奇跡」「幸福」ということばを用いました。この二つのことばを並べるのは、たぶん大げさではありません。幸福は私たちにとって奇跡のように見えますが、それは頻繁にあることではなく、特に長続きしないからです。あらゆるものは死ぬのだという意識が根底にあるので、たまたま私たちが味わうことになる輝かしいばかりの幸福でさえ、漠とした哀惜のヴェールに常に覆われてしまうのです。だれでもこのことは自分の個人的な思い出で確かめることができるでしょう。私は自分の思い出を探るかわりに、フランソワ・モーリヤック〔フランスのノーベル文学賞作家（1885–1970）。次行のアカデミー・フランセーズは十七世紀に創設され、フランス学士院を構成する団体のうち最も名誉あるもの〕によって語られた一つの場面を喚起するにとどめましょう。

アカデミー・フランセーズ会員モーリヤックはある日、同僚のモーリス・ジュヌヴォワ〔地方色豊かな詩的小説で知られる作家（1890–1980）〕を訪ねました。この同僚はアカデミーの終身秘書としてマザラン宮に居住していました。この職務に割り当てられたアパルトマンはセーヌ川に面しておりましたから、パリで最も美しい眺めを享受しています。中央には、まるで昔の夢をいっぱいに積んだ川船のようにポン・デ・ザール橋が架かり、もっと遠く右手ではヴェール・ギャラン公園がノートルダム寺院、コンシエルジュリといった栄光に輝く建造物の列を率いる一方、反対の河岸にはリズミカルな壮麗さが幾世紀を経てもあせないルーヴル宮が広がっています。その春の宵、夕日の薔薇色の輝きは川面に混じり合い、空と地とを結び、そこかしこを飛び交うカモメのように軽やかで、かなたで気楽そうに漂う雲のように優しい調和を生んでいます。すでに高齢のこの二人は長いあいだ感動で口をつぐんだままです。するとジュヌヴォワがささやくようにこう言います。「これをみんな残していかなければならないのか……」

「これをみんな残していかなければならないのか」。この物悲しいことばは、どんな幸福も無限に繰り返されるわけではなく、あらゆる幸福が奇跡であること、それを私たちに思い出させてくれます。それはそうなのですが、幸福が生の明るい面を構成していることには変わりありません。私たちに用意されている数多くの不幸にもかかわらず、生はそれでも大小さまざま、可能な限りの数の幸福を与えてくれます。ですから積極的な精神の持ち主ならば、思い切ってこう主張することができるでしょう。実際、人生には奇跡がいっぱい詰め込まれているものだ――生それ自体が奇跡的に現れたものであることは別にしても。ですから、実に大きな逆説なのです。私たちの心を刺し貫いている死の意識が決して純粋に否定的な力ではなく、それどころか生を単なる与件ではなく、かつてないほど神聖な贈り物のように見なすようにさせるということは。死の意識は私たちの生を一つひとつ取り換えのできない単位に変えることによって、私たちに価値という意味を吹き込んでくれます。ここで心に思い浮かぶのは格言のように簡潔なマルロー〔中国を舞台にした小説『人間の条件』などで知られる作家（1901–1976）。第二次世界大戦後は政界にも進出し、文化相を務めた〕のことばです。「一つひとつの生などなんでもない。しかし、なにものも生と同じ価値は持たない。」

おのおのの生の単一性、これこそが人類の冒険を理解するにあたって私たちを一段引き上げる概念です。この単一性はただ人間の身体に限られるものではなく、自然の中でも確認できます。他の葉にことごとく似ている葉というものはありませんし、他の蝶にまったく同じ蝶というのもいません。今、お話ししている単一性とは、人間においては精神の働きや魂の啓示もすべて含みます。唯一無二であり、死を背景として自分のために独自の運命を作り上げるのは各人の存在まるごとすべてです。「死は生を運命に変える」と、これもまたマルローが実に的確に言いました。したがって宇宙とは盲目に動き回る実体の単なる寄せ集めではなく、驚くほど多様な存在で形成されたものであり、その存在一つひとつが生きようとする欲望に突き動かされ、方向の定まった行程、自分にまったく固有の行程に沿って進んでいます。一つの抵抗しがたい力が私たちをせき立て前に進ませています。この力こそ、私たちが知っているように、他でもない後戻りせぬ時間なのです。

時間とは、生きているもの全体を生成の壮大なプロセスに引き込み調整するものです。このプロセスのただ中において唯一、自分が死すべきものであると意識している人間という種族はまったく特別な状況にあります。一人ひとりの人間は生きていくうち、ある時、自分の単一性は特権でもあり限界でもあるという事実の意味を測ります。彼は知らないわけではありません。時間は自分に無際限に与えられているわけではなく、割り当てられた限りある時間が精一杯生きるように促しているということを。この道理は個々の人間を恐ろしく傲慢で利己的な態度に追い込んでしまう危険はないのでしょうか。その危険は実際にあり、悪というものの原因の一つになっています。このことについては、また別の「瞑想」のさいに戻る機会があるでしょう。とりあえずは一つ、普通の良識が私たちに教えてくれることを確認しておきます。つまり、私が独自の人間ならば他の人たちもそうであり、彼らがより独自の存在ならば私自身もますますそうであるということです。私の単一性とは他の人たちのそれとの対比、あるいは交感によってしか証明できないし、実感できないのですから。ここに、「私は」と言い「あなたは」と言う可能性が始まり、ことばと思考が始まります。またこのことは愛の関係の中ではっきりと確かめることができます。このようにして、あらゆる不可避の対立を超えて、生きているもののあいだに根本的な連帯関係が生まれます。最後には結局、探している幸福は常に出会いや交流や分かちあいから生じるものだと理解することになるのです。

＊

私が今しがた述べたことを手がかりにして、今夜の私たちの集いはここで普通の趣から逸脱する奥行きを持つことになります。死というものの謎に惹かれて私たちが来場したのは、一人ひとりが夢と探求、試練と苦しみ、問いかけと希望でいっぱいの経歴を持っておられるからです。だれもが自分の経験を他人の経験と突き合わせたいと望むものですが、それは中国人が「沖気〔五〕」と呼ぶもの、つまり真正の相互主観性によって生み出されるあの息吹から生の真実が現れ出ると確信しているからでしょう。けれども私たちはこの生の真実を探しながらも、単純な答え、定理のように素っ気なく書き表された答えを期待することはできないだろうとわかっています。それは私たち個々の生のみが生成の過程にあるのではなく、生そのものの冒険が同様に生成するものであることに私たちは気づいているからです。実際、私たちは「真実」そのものを得ることはありません。それは所有することができないのです。しかし私たちにとって何よりも重要であること、それは「真実＝誠実《エートル・ヴレ》である」ことです。人が真実＝誠実であるときには、「真実」は持たないにしても、少なくとも「真実の中に」いる可能性は持っています。だから、気取らずにそして無防備なまま、私たちに姿を現す重大な挑戦の前に身を置いてみましょう。ルネ・シャール〔フランスの詩人（1907–1988）。第二次世界大戦中、対独抵抗運動に参加した〕の表現を借りるならば、「共にいること」から出発して、共にする探求を試みてみましょう。

　これまでのところ私は一人で話していますが、今から眼差しと思考の交差を通して一つのやり取りがなされます。まもなくそのやり取りは、ことばの魔術によって充分活発になるでしょう。最良の場合には、ことばは私たちを無限が統べる場へと押し進める力を持つものです。と申しますのも、本物の対話の持つ効力を私は充分に知っているからです。例えば、ソクラテスの対話、孔子の対話、アベラールとエロイーズ〔アベラール（1079–1142）は中世フランスの神学者。女弟子エロイーズと愛し合った〕、モンテーニュ〔随想集『エセー』を著し、フランス・モラリスト文学の始祖とされる（1533–1592）。ラ・ボエシーは早世した親友〕とラ・ボエシーの対話、人間と自然、人間と超越的存在、生者たちと死者たちのあいだの対話……共感が基礎にあり、時に不意をつくような予想外の反応もある対話において、話し手は相手が次に何を言うのかわかりません。相手が考えを述べた後、自分自身が何を言うのかもわかりません。対話する人はこのように一歩一歩、心の未知なるものに向かって、魂の共鳴に向かって、開かれた「限りなきもの」に向かって進んでいくのです。これもまたもう一つの奇跡でしょう。有限性にしるしづけられた者たちのあいだから、無限なるものに特有の喜びが現れ出るのです。そして私たちは漠然と感じます。先ほど私が言及した生の真実は、この終わりのない行き来の中に隠れているはずだと。

終わりのない？　早くも私たちの耳に、あの「冷笑家」の声がささやきかけます。「なに言ってるんだ！〈すべて〉に終わりがあるんだ。」私たち自身、人に言われるまでもなくわかっています。もうしばらくすると、共にいて、この無限の体験を分ち持つことはできなくなります。ですから、私たちは哀歌のコーラス——「なんという空《むな》しさ、すべては空しい」（旧約聖書「コヘトの言葉（伝道の書）」）、「行こう、行こう、すべては過ぎていくのだから」（アポリネール〔フランスの詩人（1880–1918）。引用は詩集『アルコール』所収、「狩りの角笛」より〕）——に加わるしかありません……もし自尊心の高まりが私たちをとらえることがなければですが。それは私たちがまさに今ここにいるのだと声高く宣言する感情の高まりです。否定もできず取り消しもできない事実というものがあります。私たちがここにいないことにする、これはなにものにもできません。なるほど、あらゆるものが私たちの指のあいだを滑り落ちるでしょう。私たちは何もとどめておくことができません。けれども、ただ一つのものが私たちの手の中にあります。無ではないただ一つのもの、それはこの瞬間です。今こうしているような真実の生の瞬間です。私たちはこのことを、いつか来る死と同じように確信しています。死の確実性のかたわらで、今この瞬間を手中にしているという確信があります。

瞬間は現在の同義語ではありません。現在とは時系列による秩序の中の普通のつながりの一つにすぎません。瞬間のほうは私たちの生活の展開の中で際立っている時であり、時間の渦の上にかかる高い波です。意識の真ん中で閃光を放つように、瞬間は私たちの過去の体験と未来の夢を結晶化し、それを一様な海面から現れ出た島のように、強烈な光の束によって突然照らされた島のようにします。瞬間とは私たちの絶え間ない探求が突如反響に出会い、すべてが一気に決定的に与えられるように見える存在の結束点です。それは、「永遠の瞬間」という逆説的な言い回しが表しているような特権的な体験です。フリードリヒ・ニーチェ〔ドイツの哲学者(1844–1900)〕も同じように語っていました。それを詩人のジャン・マンブリーノ〔現代フランスを代表するカトリック系詩人(1923–2012)〕が、『ヘスペリア、夕暮れの国』の中で引用しています。「我々がたった一つの、かけがえのない時間にイエスと言うことを認めてみよう。すると我々は自らにだけではなく、存在するものすべてにイエスと言ったことになるだろう。なぜなら、我々の中でも物事の中でも、なにも孤立してはいないからだ。だからもし、たった一度でも喜びが我々の魂を高鳴らせたならば、このたった一つの時間の条件を作り出すためにすべての永遠が必要だったのだ。そして我々がイエスと言ったこのかけがえのない瞬間に、永遠のすべてが是認され正当化されたのだ。」私たちは漠然と、けれども奥底では深く確信しつつ感じるのです。今喚起したような瞬間はその満ち足りた味わいによって、永遠とはこれだという何かに類似しているのではないかと。

前回の「瞑想」のさいに永遠というものにごく簡単に言及いたしましたが、どのようにそれが顕現するのか想像することは実際にはだれにもできないと認めました。それでも、遠慮がちにではありますが、永遠とはこうではないと言うことはできるのではないかと思います。「生の」永遠に関して申しますと、それは同じものの切りのない単調な繰り返しでなければ、実はなんでもよいのです。それは生への絶え間ない跳躍によって躍動する時の連なり、突き出るように際立つ時間の目覚ましい連なりであるはずです。一言でいうと、それはかけがえのない瞬間からできているのです。その場合、この生において私たちがそれと認識するような比類のない瞬間は、記憶によってつながれたダイヤモンドの首飾りや星々のロザリオのようなものとして、すでに永遠の味わいを持つ持続を形作っています。私たちの中に、みなが知っている詩人ランボーの、心から自然にわき出たあの歌が響いてきます。

またそれが見つかった。
なにが？　永遠が。
太陽と共に行った
海のことさ（六）。

直観的にランボーはとらえたのです。永遠は瞬間の中にあり、瞬間の中に息づいていると。それは生への跳躍と生の約束が一致する出会いの瞬間です。

「でもそれなら、生への跳躍とはなんだろうか？　それよりも、いったい『なにから』それは私たちの中で生まれるのだろう？」途方に暮れ落胆した多くの人たちが、こう自問することでしょう。このように跳躍する力をどこで見つけたらよいのか、もうわからないのですから。この問いかけには満足できる答えはありませんが、私はあえてこう答えることにします――「無から」と。

＊

ここで少し息抜きすることにして、この逆説について説明することにいたします。すでに述べたあの「無」についてですが、特に「虚無」と混同してはいけません。万物を生み出す萌芽を含んでいるものですから、「無」とは「非存在」を指し、この「非存在」とは「存在」がそこから現れ出るものにほかなりません。「非存在」という概念は必要です。この概念から出発してのみ、「存在」を本当に理解することができるからです。

道《タオ》の始原の状態を描写するために、老子は、「空」や「無」という語を用いています。後者はより正確には、「無い」あるいは「そこには無い」と訳すことができます。道教の偉大な思想家、荘子（紀元前四世紀）はこの考え方を取り入れ、このように言っています。「すべてを生み出すものは一つのものではありえない」、「それは存在するものの彼方にあり、見ることができず形なきもの、『無』である」。「空」も「無」も、「気」という概念に結びついているのでダイナミックな側面を持っています。そのことを確信するには、『道徳経』の四十二章の、この有名な一節を読めば充分でしょう。

始原の道《タオ》は一を生み
一は二を生み
二は三を生み
三は万物を生む。
万物は陰を背にして
陽を抱き

冲気によって調和を得る。(七)

この一節は次のように解釈できます。至上の空《くう》と考えられる始原の道から原初の気である一が生じ、それが今度は陰と陽という相補う二つの気を生む。この陰陽の気が絶え間ない相互作用によりあらゆるものを生み、それら万物が冲気という三番目の気によって互いのあいだに調和を生み出すに至る。この解釈を通して示されているものは、おわかりのように、「無」の力、「空」の力です。「空」は道の根本にあるうえに、道の歩みにおける調和の条件でもあるからです。「空」を拠り所とすることは道の歩みに沿うことであり、道は絶えず「空」から「充」へと向かい、また「空」に戻り、原初の気はそこで力を補給するのです。生あるものすべてを結ぶ道の良き循環はこのようにして成り立っています。ですから、この物の見方に慣れている人――道教や禅を信奉する人――は内心で道の動きにしたがい、根底にある真相を悟ります。すなわち、存在するということは単に日々の生活に流されることではなく、非存在から出発して今ここにいるのだと絶え間なく意識することである――これを悟るのです。理想としては、生きている者はこのように一種の「自己の死」、狭く閉じられた自己の死を体験し、より自由でより開かれた生に到達することになります。もし習字か太極拳を実践している人ならば、描線によって白紙から飛び出してきたり、動作によって虚空から湧き出してきたりして元気を与えてくれる気は、始原から星々を動かしている力と実は同じであると信じて疑わないでしょう。

この偉大な直観が中国や東洋の文化に限られ、他の地域にはいかなる反響もないと信ずるのは間違っています。例えばユダヤ・キリスト教の伝統においても、「空」の違った探求が見られます。そこでは直接神に問いかけたりしますから、確かに文脈は違います。しかしながら、東西二つの伝統には――こちらでは神の現前に、あちらでは原初の気に満たされるために――自己を滅し、からっぽにするという考えが共通にあります。西洋には確かに、「無」や「空」を考えた思想の流れがあります。特に顕著なのは、マイスター・エックハルトに始まり、ハインリッヒ・ゾイゼ、ヨハネス・タウラー、アンゲルス・シレジウス、ヤコブ・ベーメのような人たち〔エックハルトは十三世紀後半から十四世紀にかけて生きたドイツのドミニコ会士・神秘思想家。ゾイゼとタウラーも同じくドミニコ会士で、エックハルトに師事した。ベーメ、シレジウスはこの流れに続く一六世紀から一七世紀の神秘思想家〕が続いた系列であり、また他方には、十字架のヨハネ〔スペインの神秘思想家（1542–1591）。カルメル修道会の改革者で、神秘体験をうたう詩人でもあった〕のような人もいます。マイスター・エックハルトとその系譜に連なる人たちにとって、「空」や「無」は神の形相そのものです。それは神が絶えず存在の徴《しるし》を与えながらも、非存在の状態にとどまっているからです。本当の意味で存在するということ、それは単にすでに与えられて「あるもの」と位置づけられることではなく、存在するという状態に向けて常に躍動することです。創造主はそのようにふるまいます。被造物もそうです。このヴィジョンはまったく消極的なものではなく、それどころか神がモーセに与えた啓示、つまり、「私は成るところのものである[八]」に一致するものです。ですから、「空」や「無」の真理は単なる抽象的な思弁に属するものではありません。実際に、あらゆる伝統のあらゆる賢者たちの生涯が、「空」「無」の真理の実効的価値を証言しています。

＊

さて、これからは、死の意識が私たちの中に生み出す生の欲求や抑えがたい欲望をより具体的にとらえることができます。網羅的に検討するのではなく、三つの主要な欲求を取り上げてみましょう。自己実現の欲求、自己超克の〔自己の可能性を乗り越えたいという〕欲求、超越性への欲求です。

まずは自己実現の欲求です。

生には終わりがあり延長することはできないという考えは、私たちに自己実現することを促します。それは、避けることのできぬ条件として甘受するほかない「生の旅程」に登録することではなく、「生の計画」を自分で構想するということです。言い換えるならば、私たちを自己実現の見通しへと導くような創造的活動によって生に飛び込むということです。しかし私たちは悲しい現実を知らないわけではありません。大部分の人にはすることを選ぶ自由はなく、ただ「糊口をしのぐ」ためだけに仕事を受け入れています。これはあらゆる種類の苦悩と不公平を生み出す状況です。人はこのようにして技術的な有用さにのみ帰せられることになり、それは当人にとっては手足が切断されたようなものだからです。彼が当然なにかを「つくる」必要があるならば、それは単に社会的に直接役立つような物質的な生産という水準ではなく、とりわけギリシア人が

poïen と呼んでいたもの、つまり poïesis「創造」という意味で「つくる」を意味する次元でのことです。この創造的に「つくる」ということ、自己実現を目指す仕事によってこそ、人は生に意味（sens）を与え、おのれの生の「詩人」となるのです。人の天職、この世での使命とはこのようなものです。

ところで、この sens という語の中に、フランス語でそれが持つ三つの意味、つまり「感覚」「方向」「意味づけ」を理解しなければなりません。宝石のように密度の高い一音節に凝縮されたこの三つの意味は、生ける宇宙のただ中における私たちの実存の三つの本質的水準に、いわば結晶しています。天と地の間で人はせき立てられて生き、目の前に現れる世界をあらゆる「感覚」をもって体験します。最も輝かしく心を高ぶらせるもの――次回の「瞑想」の主題となる、この世界の美しさというもの――に引きつけられ、彼はある方向に進みます。それは「道」を意識することの始まりです。道においては、ちょうど根から世界内存在の全面的な開花に向かって伸びあがる木にも似て、ある「方向」に抑えがたく伸びてゆくすべての生けるものは、小宇宙としてのおのれの身体を大宇宙に結び付けようとするなんらかの志向性、方向性、参加欲求を表しているように思います。自己実現の「方向」に沿う意味づけに対する人の胸のうずくような愛着はここから来ています。換言すれば、人は自分を意味あるものにするために実現し、自分の理想を達成しようとするのです。自分に意味づけすることにより、自分の生に意味を与えるのです。ですから彼は、「意味」を享受するという喜びによってのみ、より全面的に生を享受することができます。

＊

死の意識はまた、私たちに他の基本的な欲求に応えるように促します。それは自己超克の欲求で、より熱狂的に、あるいはより根本的に、自己実現の欲求と結びついています。

「天国を信じているか」、「信じていないか」によって、死は、ある者には人間の条件を定め、超えられない限界として、他の者には変容の可能性として現れます。この二つの場合のいずれにおいても、死は人間の心をさいなみ、決して安穏にはさせず、私たちのうちに自己超克の欲求を起こさせます。死は私たちに、少なくとも通常の状態から抜け出す努力を促します。この努力には名前がついています。情熱《パッシオン》です。冒険への情熱、英雄的行為への情熱、愛の情熱、それから他のもっとスケールの小さな情熱。今名指しした情熱は三つとも、それに飛び込む者の命を危険にさらすという意味において最も高尚なものです。死ぬかもしれぬという試練は、そこでは受けて立つべきリスクであり、人間の偉大さの証拠でもあります。

「冒険」ということばを用いましたが、私はなにも疑わしい取引に飛び込む者などを考えているのではありません(九)。とりわけ私は冒険家たち、あの偉大な船乗りや飛行士、大胆な登山家らのことを思っています。彼らは命の危険を冒し、極限の状況に立ち向かいながら、未知の国に臨みます。ここで私たちになじみの大物、実に素晴らしく魅力的な人物が心に浮かびます。偉大なる登山家、シャンタル・モデュイです。彼女はヒマラヤの最難関の山々のうち高度八千メートル以上の六つの高峰の登攀という偉業を達成しました。一九九六年、六つ目の勝利の後パリに戻り、彼女はその探検をテレビで語りました。とりわけ山頂で天と地の間にたった一人、自らを撮影しながら、信条としていたアンドレ・ヴェルテールの詩の三行を朗唱したことを披露しましたが、ちょうどそのとき、詩人アンドレは偶然にも自宅のテレビ画面の前にいました。面識のないその並外れた人物が自分の書いた次の詩句を朗唱するのを目にしたのです。胸を絞めつける感動はいかほどだったでしょうか。

空間とは名誉ある山賊
その賊徒を思いながら
おまえは心の駆歩《ギャロップ》にしたがう。

翌日、シャンタルが放送会館に残したメッセージに応え、アンドレは彼女に会いに行き、ただちに輝かしい情熱が生を大いに愛するこの二人の人物を結びつけます。二年近くたった一九九八年に、シャンタルは再び山々の頂の呼びかけを聞きました。登山家にとって、恋人との肉体的な結びつきと岩壁との結びつきのあいだに断絶などありません。それは一続きのものです。すると早くも、彼女は征服を心に決めた七番目の高峰の中腹にいます。最終行程の前日、雪崩が起こりました。彼女はシェルパと共に、原初の清らかな雪と氷の中に埋まってしまいます。望むことはなく、けれども恐れることもなく、幾たびもそのことは考えたはずですが、まさにそのようになったのです。閃光のようなシャンタル・モデュイの生涯は冒険への情熱の偉大さを私たちに語っています。

英雄的行為についていえば、歴史は私たちに多数の例を提供してくれます。ヨーロッパでは、もちろん私たちの記憶の中に、自らの命と引き換えにナチズムの恐るべき支配から大陸を解放してくれたすべての人たちの犠牲的行為があります。ノルマンディーの海岸やヴェルコールの山岳地帯で倒れた何千人という若者たちから、アウシュヴィッツ収容所で自発的にある家族の父親の身代わりとなり、死に至る餓死刑に服したあのポーランド人フランシスコ会士のマキシミリアノ・コルベ神父〔日本にも関わり、一九三〇年代初めに長崎で布教活動をした。その献身的生涯（1894–1941）の感化は大きく、聖人に列せられている〕まで、数え切れぬほどの人物が記憶にひしめいています。武器を手に戦いながら、あるいは極限の連帯行為によって、この英雄たちは生の名において、ナチスが抹殺することを望んだ人間の尊厳の名において、死に立ち向かいました。しかし、ここで私が喚起したいのは、もうひとつの別の光景、中国人の想像世界につきまとっているある劇的な光景です。

それは一九三〇年代に起こります。いわゆる「長征」[一〇]のあいだ、国民党軍に追いかけられた共産党軍の部隊、あるいは数々の戦いに敗れ生き残った一部の者たちが、激しい流れの大渡河の上高く架かる長く狭い鎖の吊り橋、瀘定橋に到着しました。その場所は山中に深くえぐられた地形で、まるで罠そのものです。国民党軍の指揮官は共産党員たちを決定的に打ち負かすために、まさに包囲を計画していました。数十年前にも、満州族の清の体制下で反乱軍がちょうどこの場所で全滅していました。紅軍〔共産党軍〕の兵士たちは失敗すれば同じ運命をたどるという状況で、できるだけ速く橋を渡らなければなりません。ところが正面には敵の機関銃と小型の大砲が待ち受けています。ここでリーダーの朱徳が部隊に呼びかけます。「最初に橋を渡るのを志願する者はいるか？」ただちに百人ほどの勇者が申し出ます。ベルトに手榴弾をつけ、彼らはすぐに鎖の吊り橋の上を一列になって対岸を目指し突進しました。そして橋の真ん中、銃弾の音と流水のとどろきの中で一人また一人、あるいはすっかり塊のようになって空気を引き裂くように真下に落ち、その血で染まった流れにのみこまれていくのです。ついに、どのようにしてなのかわかりませんが、何人かがやっと対岸に到達し、手榴弾の止めピンを外すことができました。彼らの行為は結果として敵の砲火の激しさを弱めることになり、こんどは別の仲間たちが襲撃に突進することができたのです。今日思うに、この志願兵たちの行動がなければ現代中国の歴史は別な風に書かれていたかもしれません。その後、この同じ紅軍によって実施された体制は特に弊害をもたらす時期をいくつも生みましたが、それでもなお濾定橋の兵士たちの払った犠牲の偉大さはまったく薄れることなく、彼らの仲間の大部分は災厄から救われたのです。そして非暴力的な抵抗の領域から、もう一つの偉大さの例を挙げるならば、一九八九年の騒乱の際にたった一人で戦車の列に対峙した天安門広場のあの若者の勇壮な姿を忘れるわけにはゆきません。

冒険や英雄的行為への情熱においては、生命は明らかに危険にさらされます。しかし、一見死との対峙を伴わないように見える愛の情熱についてはどうなのだろうか。あなた方はそう言うかもしれません。私はここで簡単に喚起しておきたいのですが、様々な文化が精神分析学の登場を待つことなく、人間の二つの基本的な情熱であるエロスとタナトス（二）に名前をつけ、しかもこの二つを結ぶ密かな絆を強調してきました。西洋の側では古代からすでに、ギリシア人がその神話と悲劇でこのテーマを大きく展開しています。ローマ人においては、オウィディウス〔前出。二四頁の割注を参照〕のような人物が愛の情熱が持ちうる影響を繊細にとらえて、このように言っています。「それだからおまえを愛し、それだから憎むのだが、無駄なことよ。だっておまえを愛さないではいられないのだから。だから、おまえと一緒に死んでしまいたい。」

オウィディウスはキリストの受難《パッション》と同時代人でした。キリスト教はその後、愛の神秘を私たちが理解するにあたって決定的な啓示をもたらしました。私の意図はこの問題系全体の中に飛び込むことではなく、死の意識が完全な意味における「愛」の体験を通して、私たちという存在を構成する三つの次元を見出させるプロセスをただ確認することです。このプロセスを実際に私たちはずっと以前から知っています。それを簡潔に述べてみましょう。

エロスは愛しあっている二人を近づけるという不思議な力を持っています。共有された愛から、二人は肉体の欲望の充足を求めますが、もし肉の次元にだけ固執するならば、いずれ彼らは袋小路に陥ってしまうでしょう。毎回、興奮とそれに続く衰弱を伴う行為（「小さな死」と呼ばれるオルガスムスを伴う肉の交わりは最も分かりやすいしるしではないでしょうか）を繰り返していると、二人は自分たちを出口のないゲームに閉じ込めてしまうことになり、その中で相手はますます物のような存在になってしまいます。欲望を充足させるということは相手を疲弊させ、奴隷のようにしてしまいます。それは良くても倦怠に至り、最悪の場合には増大する憎しみに転化し、痴情殺人にも帰着しかねません。逆に、エロスによって結ばれている二人が自らの最良の部分に働きかけることによって視野を広げるならば、内面の自己超克の作業の果てに、自分という存在の他の次元を見出すことでしょう。そのようにして各自のもっとも内密で根源的な、取り換えのきかない部分、あらゆる欲望の源にあり、「魂」ということばで名指しされる部分にまでさかのぼります。

体の触れ合いが魂の触れ合いに深まると、愛は質的に変化し、おのおのに相手への尊敬と感謝の念を抱かせます。「本物の愛においては魂が肉体を包んでいる」と小説家スタンダールは書いています。ミケランジェロは愛する人に、自らが書いたソネットで、こう言っています。「私はあなたの中に、あなた自身が慈しむもの、つまりその魂を愛さなければならない。」キリスト教もプラトン哲学もアガペーと呼んだもの、とりわけ宮廷風恋愛という形で現れたものはその点、他者をむさぼる肉欲をより深くより開かれた交わりに替えることをめざします。そのとき、最も高い状態の魂は肉体の拘束、空間－時間の拘束から免れ、生ける宇宙の魂と共鳴します。

　エロス－アガペーのペアは実際に宇宙的な、あるいは超自然的な次元を持っています。中国で性行為は「雲雨」ということばで名指しされますが、その起源には、楚の襄王が巫山の女神とのあいだに結んだ情交があります。以来、性行為は自然との親密な共鳴のように感じられるようになります。例えば官能的な絵画においては、密室での肉体の熱狂的な闘いの場面を表すかわりに、行為が交わされている部屋の外に開け放たれた窓があることが好まれます。またその外には花咲く枝があり、さえずる小鳥がいて、春風が優しくそよいでいたり、月光につつまれたりしています。部屋が閉ざされたまま描かれることもありますが、そのときには少なくとも風景を表す屏風があったりします。これは、プルースト〔マルセル・プルースト（1871–1922）。二十世紀フランス文学の最高峰と評される小説『失われた時を求めて』の作者〕のあの繊細な一文を思わせるものです。「愛、それは心に感じられるようになった空間と時間である。」

　あらゆる文化においてエロス－アガペーは人間を神性に結びつけます。それがもたらす恍惚感はしばしば神秘的恍惚と同一視されますが、その最も美しい例証はもちろん旧約聖書の「雅歌」

でしょう。しかしながら、神的なるものを前におのれの死すべき者としての条件に由来する空虚さを推し測り、人間は、死さえも断つことのできないような永続的な愛によって、その空虚感を乗り越えようと切望します。愛する喜びに浸る邪魔をする死はそのとき、その愛が本物かどうかを判断することを可能にする基準そのものになります。「雅歌」の表現そのものを用いるならば、愛は、「死のように強く」なければなりません。そして本物であるとして受け入れられるためには、死に立ち向かい、それを乗り越えることができなければなりません。この点においても、すべての文化は、例えばトリスタンとイズー（イゾルデ）〔ヨーロッパ中世のケルト系の伝説。騎士トリスタンと、その伯父にあたる王マルクの妃となる予定のイズーとの悲恋の物語〕のような、この通過儀礼を象徴する人物像を持っています。永続する愛で愛し合う者たちは自分たちの有限性を知っていますが、それでもなお生身の個人を超えて、この愛そのものは終わらないだろうと確信しています。愛の神秘のこの驚くような直観的理解を、ガブリエル・マルセル〔フランスの哲学者で、キリスト教的実存主義の代表者（1889–1973）〕はこう表現しました。「一人の人を愛すること、それは、『おまえを死なせはしない』と言うことだ。」

＊

死の意識が私たちに実現を促す三つ目の、そして最後の基本的欲求、それは超越性への志向です。それについてはここでは簡単に論じるだけにして、また最後の「瞑想」のさいに戻ることにしましょう。

シャトーブリアン〔フランスの作家。政治家としても活動した（1768–1848）〕は、「まさに死によって道徳が生に入った」と主張しましたが、私はそれに同意します。また私は哲学者シモーヌ・ヴェイユ〔チェンが特に高い評価を与えている女性哲学者（1909–1943）〕と同じく確信しておりますが、死の苦しみの試練がなければ、私たちは神という観念を持たなかったでしょうし、なんらかの超越性に考えを向けることさえなかったでしょう。しかし、ここではっきりさせておきます。私たちに直接影響を与えるのは死それ自体ではなく、それについて私たちが抱く意識です。本当のところ、死はそれ自体ではいかなる力も持ちません。それは生のある状態の停止にすぎないのです。人が希望に駆られて聖パウロのように、「死よ、おまえの勝利はどこだ、おまえのとげはどこだ？」（一二）と叫んでみても、その叫びは生きている者にしか聞こえないことを私たちは知っています。叫びは死には決して聞こえないでしょう。私たちが見たように、死はこの世の主人として君臨しているように見えますが、あの生という絶対なるものだけが前もってその力を死に与えることができました。生は生であるために、肉体の死を必要とするのです。生は私たちのものではありません。私たちが生に属しているのです。生は超越的なものですが、それはただ私たちの最も奥深くで震えているものでありながら、その私たちの限りなく上に、また限りなく彼方にあるものだからです。私たちは安心しきって生に身を任せるしかありません。そうすることは可能です。なぜならば経験が私たちに示すところによると、生を出現させた「気」は今まで決して裏切ったことはありませんし、これからもそうであるからです。そのうえ、他者と私たちとの本当の絆――やはり万全の信頼の上に築かれている友情や愛情の絆――はこの超越性の光の中でのみ可能なのです。

中国では古代から、ある簡潔な句が鳴り響いていて、それは世代から世代へと伝えられています。その起源は「変化の書」、つまり紀元前千年以上前に書かれた、中国の思想上最初の作品『易経』にあります。これは道教も儒教も依拠する書物です。件の句は、シンバルを打ち鳴らすように響く四つの漢字から構成されています。すなわち「生生不息」[*]で、「生は生を生み、終わりはない」を意味しています。この格言が、多くの人命を奪うような争いや大災害をみな乗り越えて民族が生き延びることを可能にしました。

人間は宇宙のただ中にまぎれた小さな存在ではありますが、賞賛に値します。とにかく人間は生のたいまつを保ってきましたし、保ち続けているのです。生に参入することにより、彼は、周りの世界とおのれの存在そのもののあらゆる位相に由来する――生物学上のものであれ心理に関するものであれ、倫理的なものであれ魂に関するものであれ――試練を引き受けねばなりません。これらの試練のうち最後で最大のものが死であり、彼は苦痛と苦悩を知ることになります。そこに否定できない偉大さがあります。しかしながら試練を超えて、物質的な喜びも精神的な喜びも

＊　本書のジャケットにあるのが、「生生不息」の著者チェン自身による書である。

彼には与えられます。喜びの極まりはあるひとつの神秘、愛の神秘です。愛なしにはいかなる喜びも完全な意味は持ちません。愛があれば、それは存在をまるごと抱えこむものですから、身体も精神も魂も、すべてが受け入れられます。

身体－魂－精神というこの三項に関して、私はここである点を明確にしておきたいと思います。と申しますのも、最後の二つの語それぞれの位相について、しばしば混乱が生じているからです。この二つの語は今日ではよく取り違えられますが、多くの場合、魂の特殊な性格が過小評価されるような形になって、その存在さえしばしば問題にされるほどです。フランス語の言い回しにおいてはこの語はまだしっかりした存在感を持っている（「わが魂と意識において＝うそ偽りなく率直に言って」、「魂が体にボルトで固定されている＝強い生命力がある」、「魂の補足＝かすかな希望」、「妹の魂＝心の通いあう伴侶」、等）のですが、人間という存在の基礎をなす構成要素を指し示すにあたって、多くの者が身体－精神というペアで満足しています。

しかしながら西欧でも他の多くの文化においても、ほとんど太古からの伝統が各人の中に、何か精神ということばだけではすくいきれぬもの、内密でひそかで、その人に固有のものを見抜いてきました。それは強く感じ感動することのできる驚くべき能力を持ち、同時に意識されず決して解明されることのない部分も含むもの、その人の存在のもっとも奥深いところに埋もれ、分割できず、その単一性のしるしそのものであるような何かです。ずっと以前から西洋の伝統の中にあるのですが、今日では見えなくなっているこの考えは、身体－精神のペアによって確立された二元論を乗り越えるための本能的な努力を表しています。宇宙の魂との束縛のない交感を可能にするこの三つ目の要素を導入することにより乗り越えるのです。

この努力にたいして、中国人の考え方は進んで同意すると思います。人間の生の構成と機能を説明するために、常に三項からなる考え方を好んできたからです。思い出してみてください。道教は気という観念に基づき陰と陽、冲気のあいだの相互作用を前面に出してきました。また儒教は天と地、そして人の相互依存関係に基礎を置いています。ですから中国の伝統によると、すべての人間は三つの構成要素、すなわち「精」「気」「神」からなっています。語と語のあいだに正確な等価性があるわけではありませんが、だいたいのところ、「精」を身体に、「気」を精神に、「神」を魂に関連づけることができます。

魂と精神のあいだには相補的な、あるいは弁証法的な関係が生じます。魂は存在の奥深くにあり個人的なものですが、精神の方はより一般的で集団的な側面があります。言語活動や論理的思考を可能にするのは精神です。その役割は中心的なもので、精神が個人を形成し、社会の網の中に位置づけます。魂は個々の存在の本質を分有します。その人の誕生以前から、一つの全体としてそこにいます。常にまるごとその人に付随し、たとえ精神が変質しても衰退しても、それは彼の最後の状態まで続きます。魂こそが身体と精神のあらゆる恵みと試練を辛抱強く吸収し、各人の単一性をなすものを無傷なままに維持する真正な果実なのです。

具体的な面では、精神は脳に呼びかけ、魂は心臓から作用します。精神は知性で理解でき、魂は直観で把握されます。かくして、私はあるとき、このように書くことができました。「精神は動き、魂は感動する。精神は推論し、魂は共鳴する。」また私たちは、集団生活の中で精神と魂がおこなう活動の一種の区分けを確認することもできます。精神によって統御されているものは、言語活動、哲学的省察、科学研究、あらゆる社会組織（政治、経済、法曹、教育、医療衛生等）です。魂の方は、情動、芸術的創造、人間の運命の神秘的次元に関するものすべてに対して最終的な力を及ぼします。ある彼方の世界、すなわち超越性へと開かれ、共鳴によって現れる関係において作用します。無条件の愛が神々しいものを持ちうる限りにおいて、その愛に対する人間の渇望がすべて魂の上に集中します。

この人間に対する三項からなる見方を手がかりとして、私たちは、教義上のものではなく真に普遍的な別の切り口で、パスカルのあの「三つの秩序＝次元《オルドル》」に関することばを理解することができます。彼が神の愛を指すために使っている「愛徳《カリタス》」という語に気づまりを感じる人がいるかもしれませんが、ともかく耳を傾けてみましょう。この語が含みうる聖職者風の見下すような暗示的意味からはほど遠く、彼にとってこの愛は限りのない憐憫の情に浸された情念です。このような情念は単なる本能や推論に由来するものではありえません。それは別の秩序＝次元に属しているのです。ですから、少なくとも秩序＝次元を区別する必要性は考慮しましょう。それはただこの区別だけが、先に喚起した広大な冒険の生成のありようをとらえることを可能にするからです。

それではパスカルのことばに耳を傾けましょう。「あらゆる物体、天空、天体、地球とその王国は、最小の精神にも及ばない。精神はそれらすべてと自己を知っているが、物体は何も知らないからだ。すべての物体を合わせ、さらにすべての精神とその所産を合わせても、愛徳の最小の働きにも及ばない。それは無限に高次の次元に属しているからだ。物体すべてを合わせても、そこからひとかけらの思考を生み出すこともできないだろう。それは不可能だ。別の次元に属しているのだから。物体と精神のすべてを合わせても、そこから真の愛徳の働きを引き出すことはできないだろう。それは不可能だ。別の次元、超自然に属しているのだから[一三]。」「複数の秩序＝次元からなる生ける宇宙」という考えは、中国思想にも決して欠けるものではないことを指摘しておきましょう。老子は『道徳経』の第二十五章において次のように述べています。「人は地より生じ、地は天より生じ、天は道《タオ》より生じる。そして道はそれ自身より生じる[一四]。」儒教学者たちもこの世界観を支持しています。

第三の瞑想

みなさま、私がとってきた話の進め方は、死と「生についての」瞑想という表題を裏づけています。死を考えることは生を考えることだからです。死を意識することは私たちのうちに「生は神聖なもの」という考えを生み、生にその価値すべてを与えます。おのれをとらえて放さないこの意識から出発して、人は一連の行為と上向きの質的変化へと開かれた各人なりの生成過程へと入ります。この新しい展望のもとでは、それぞれの子どもがこの世に誕生するとき、その生は約束と未知が満載の冒険であることがわかります。

私が話すのは死の意識についてであり、実際の死についてではありません。ですから、おわかりになったと思いますが、決して死を賛美するわけではありません。反対に、よりはっきりと意識して生を引き受け、より充実した生を生きることが重要なのです。

生きていく途上において、私たちは二つの根本的な神秘に突き当たります。美という神秘、悪という神秘です。美が神秘であるのは、世界が美しいものである必要はないからです。ところが偶然でしょうか、世界は美しい。このことは、ある欲求や呼びかけ、だれも無関心なままでいることができない隠された志向性を露呈しているように思えるのです。悪も同様に神秘です。もし悪というものが単に生の困難な歩みに起因するいくらかの欠陥や失敗のような形で現れるのならば、私たちはなんとかそれを受け入れたことでしょう。しかし私たち人間において、悪はあまりにも根源的な段階に達しているので、もう絶対なるものの域に近づいています。人間の巧妙さが悪に奉仕することになると、その残酷さは限りを知りません。そしてテクノロジーの発達もあずかって、人間が企てた悪の所業は生そのものの秩序を破壊しうること、それを私たちは今や知っています。美と悪の二つの神秘は私たちの死の意識に影響を及ぼし、避けて通れず、応じざるを得ない挑戦のように、目の前に立ちふさがっています。二つの神秘をこれから一つずつ、しっかりと見つめてみましょう。まずは美です。

世界は美しいものである必要はなかった、と私は申しました。ただただ機能的である世界、いかなる美もよぎることなく発達したような中性的なシステムを想像することもできるでしょう。

このような世界があるならば、ただ空回りするだけ、特徴も区別もない要素の集まりを始動させて、あとはただ際限なく動いているだけです。そうなるとそれはロボットの世界、一種の巨大な機関か強制収容所さながらの世界ということになるでしょう。しかしいずれにせよ、人はもう生の秩序の中にはいないということになります。生があるためには、細胞要素の分化、複雑化、その結果として特異なものとなってゆく個々の存在の形成がなければなりません。生の法則が前提とするのは、それぞれの存在が有機的な単位となっているということ、また同時に成長し伝達する能力を持っているということです。このようにして生の巨大な冒険は、個々の草の若茎や昆虫、私たち一人ひとりに到達しました。あらゆるものはその単一性を出発点として、一輪の花や一本の木のように存在の絶頂へと向かうのです。これこそが美の始まり、そしてその定義そのものです。

悪意でもない限りは、生ける宇宙が美しいということはちゃんと認めなければなりません。それをどのように解釈したらよいのかわからなくても、これは事実です。世界は美しく、その美しさは片隅のいかに些細なものにも、アヤメのあいだを小声で歌うように流れる小川にも、中庭の真ん中に立つオレンジの木にも宿っていますし、大きな存在の中にも現れています。例えば、氷河や砂漠、海や山、そよ風に波打つ草原、星々がまたたく夜空……それから、なにかの合間や隙間、なにかが交わり出会うところに属するものすべてがあります。例えば、震える葦の上にとまっているトンボ、苔に覆われた岩の上を縦横に走りまわるトカゲ、古めかしい壁面を照らし出す夕日、そして人間においては、時おり雷よりもすばやく交わされる視線……魅惑的で気をそそるものとして、この美は私たちに合図を送り、世界は望ましく意味あるものだと言っているようです。美のおかげで、自然は個性のない形態ではなく、ひとつの現前として私たちに認められるのです。そのとたんに、私たちおのおのも美に向かい、自分の単一性も同様に現前に変えられるのを見ます。

ただちに私たちの心を打つもの、それは自然と宇宙の美しさ、そして自然のただ中においては、生きているものたちの美しさです。しかし特に人間界において、人は美の別のタイプの知覚を持っています。最初から、人間の肉体美には何か特別なものがあります。それは美の意識によって、さらには美への衝動によって活気づけられます。つまりある程度まで、肉体美はすでに精神によって加工されているということです。この肉体美の向こうの、さらに高次の段階に、心の美と魂の美があります。精神の美はまったく内面のもので、もはや外的な様相によっては定義できず、眼差しとしぐさを通して現れます。燃えるように情熱的、率直に愛し、磁気を帯びたように引きつける眼差し、そして共感と寛大さ、優しさ、慰めと献身、一言でいえば恵みに満ちたしぐさです。それはことごとく心と魂の美の、あの高い次元に属すものであり、その源には原初の「恵み」があり、形の上では友情や愛として現れます。友情と愛が私欲を離れて普遍的なものにまで高まると、人間が達成する最も高度な成果となります。「恵み」は「生」そのものの出現を想起させ、神の霊感からなる世界創造の気高い所作に通じるからです。

この美しきもののすべてのために、私たちは世界と生に執着するのです。ふつう私たちは気づかないのですが、生は生きるに値すると納得させてくれるのもこの美しきものたちです。ただし一つ指摘しておきますが、美を前にして、ある先入観が私たちをかたくなにしてしまうこともあります。私たちはためらいを感じずに美を信用することはできません。錯覚の犠牲になることを恐れてしまうのです。美が偽りのように見えることがいかに多いでしょうか！　また、悪意のある者たちの手にあっては、美が支配の道具、さらには破滅の道具になりうることを私たちは知っています。知性と自由に恵まれた人間は、自分の誘惑する力をよりどころにして美を道具として使うことも含め、あらゆるものを堕落させることができるからです。ですから、美に取り組むことを心に決めた人にとっては、美の本質とそれをどう利用することができるかを、まず区別することが重要です。

このような美の悪用があるからといって、その本質において良きものである美を鑑賞することは、もちろんやめるわけにはいきません。しかしこの多くの悪用例が示唆するように、絶えず強調すべきは、倫理なくして美学はありえないということです。なにしろ、多くの言語（サンスクリット語、中国語等）において、美と善意は共通の語根を持っています。私の著書『美についての五つの瞑想』の中では詳細に、人間の魂に宿るこの二つの性質のあいだの絆について説明いたしました。ベルクソン〔フランスの哲学者で、二十世紀前半を代表する知識人（1859–1941）〕が言っていたことを思い出してください。「美の最高の段階は恩寵です。しかし恩寵という語によって善意も意味します。至高の善意とは、限りなく与えられる生の原理のあの豊饒さだからです。それこそが恩寵の意味そのものです。」彼のこの見事な言い回しに反響する次のことばを私は提示しました。「善意は美の質を保証する。美は美で善意を発散し、それを望ましいものとする。」

美はなぜ死と関係があるのでしょうか。それは第一に、あらゆるものの例にもれず、美は長続きせず、私たちから逃れるからです。そして生において人が何よりも愛着を抱くのは美ですが、愛着が深ければ深いほど、それとの余儀ない別離はつらいものです。愛着《アタッシュマン》と別離《アラッシュマン》、それが美の条件です。美は私たちの死の意識を研ぎ澄まします。存在の容態が静的なものではなく、美は毎回瞬間の頂で仮の姿として自らを現すものだからです。それからとりわけ、美が崇高なものであるときには聖なる恐れを与えたり、人間の能力では完全には受容できないほど熱い情熱を抱かせたりという事実があります。そのようなときには、視力や命を失う危険を冒すことなしには、美を太陽のようにまともに見つめることはできません。ヒマラヤの四千メートルの高原を知っている者は、八千メートル以上の高さでそびえて万年雪に輝く山々を前にひれ伏す住人たちの抑えがたい欲求を理解します。砂漠の広大な夜を知っている者は、目をくらませるほどの星々の輝きに驚き入り、ひざまずき祈る遊牧民たちを理解します。ダンテは初めて九歳のベアトリーチェ〔詩人ダンテ（1265–1321）が終生の理想として愛した女性で、その創作の原動力となった。彼は『神曲』の中でも、ベアトリーチェを天国における導き手として登場させている。九歳のときに見初め、その九年後に再会したというエピソードに関して、ダンテは、三の二乗である九はキリスト教の三位一体説を表す数字であると解釈している〕を見たとき、おのれのうちで生の精神があまりにも強く脈打ち始めるのを感じ、もう少しで血管が破裂してしまうのではないかとさえ思いました。九年の後、ある日の午後三時に再会し、初めて彼女の声が自分にあいさつするのを聞いたとき、彼は至福の極限に触れたような気がしました。そしてわかったのです。残りはもうこの生の先でしか完遂されえないのだと。

私たちが先ほど確認したことを考慮すると、美に対峙してそこから作品を創り出そうと決めた者、つまり芸術家は、同時に死の挑戦に立ち向かわねばなりません。芸術創造とはまさに、人間が死すべき運命を克服しようとするために取る振舞いの一つでありますから、なおさらです。詩でも音楽でも絵画でも彫刻でも、芸術作品の名に値するものはすべて、孤独を開放へ、苦悩を交感へと転換し、助けを呼ぶ叫びを歌声に、別離と死によって穿たれる深淵を超えて響く歌声に変えようとします。

真の芸術創造は西洋においても他のところでも、オルフェウス〔ギリシア神話に登場する竪琴の名手。死んだ妻エウリュディケを取り戻そうと冥界に降り、音楽の力で冥界の王ハデスの心を動かし妻を地上に連れ帰る許可を与えられるが、約束に反し、地上に着く前に振り返りその姿を見ようとしたため、望みを果たすことができなかった〕のたどった道を通ります。消えた妻エウリュディケの痕跡が残る道、オルフェウスがその後、音楽という別のタイプの魅惑の助けを借りて妻に追いつこうとする道です。西洋における例を一つだけ挙げて、四年前に亡くなっている娘レオポルディーヌに呼びかけるヴィクトル・ユゴー〔フランスを代表する文豪。小説『レ・ミゼラブル』で有名だが、詩人として非常に大きな存在（1802–1885）〕の詩を思い出しましょう。

明日、夜明けとともに、田野が白むときに
私は発とう。ほら、おまえも待っているね。
森を超えて、山を越えて、私は行こう。
これ以上長く離れてはいられないから（一五）（……）

亡き娘のもとに戻ろうというオルフェウス的な詩句は、私たちみなにとって実になじみ深いものになっています。この同じ詩人は後に、自分の息子の婚約者だった女性の墓前で弔辞を読み上げ、こう言っています。「死と呼ばれるこの天への大いなる出発の奇跡は、旅立つ人は決して遠くに行ってしまうのではないということです。彼らは光の世界にいますが、私たちの暗闇の世界を、心ふるわせる立会人として見ているのです。彼らは上に、そしてすぐ近くにいます。ああ、愛しい人が墓穴に消えるのを見たあなたがだれであれ、その人が立ち去ってしまったと思わないでください。その人は相変わらずそこにいます。かつてないほど、あなたの傍らにいます。死の美しさ、それは現にいるという存在感です。涙にくれている私たちの目に微笑んでいる愛しい魂たち、ことばでは言い表せぬその存在感。私たちが悲しみ悼む存在は消えていますが、どこかへ発ってはいません。その優しい顔立ちは見えません。けれども私たちはその人の翼に守られているように感じるのです。死者たちは見えませんが、不在の人ではないのです……」

中国では、オルフェウスによって始められた伝統に相当するものは、紀元前四世紀にまず屈原によって、そしてもっと後になると禅の精神に与するすべての芸術家によって体現されました。禅によると、存在は非存在を通って、見ることは不見を通って、言うことは不言を通ってやってきます。禅の声《ヴォワ》と道《ヴォワ》を例示するものとして、ここに八世紀の詩人、王維の二つの四行詩があります。

枝の先のモクレンが
山の奥で赤い花を差し出している
（滝の近くの家は静かでだれもいないのに）
ある花は開き　他の花は散り落ちる。（一六）

この詩においては三行目が括弧に入っていて、この風景にはただの一人もいないと言っていますが、実際には詩人がいてこの場面の証人となっています。しかし肉体を脱し無となることによって彼は非存在の状態にいます。この状態の中でのみ、彼はあらゆる死が再生へと化す変化の大いなる法則を同化することができるのです。

人けないがらんとした山、もうだれも見えない。
ただ微かな声がまだ聞こえている。
返される光の矢が林の奥まで射しこみ
ふたたび緑の苔を照らしだす（一七）。

この四行詩によると、山中を歩き回っている途中で、夕暮れが近づくと人けのなくなる山のように、詩人は空《くう》の状態に入ります。三行目の「返される光の矢」は大地を照らす夕日の光を指し、精神的な意味においては人の内面の急変を意味します。詩人は（オルフェウスのように？）振り返るだけで、単なる落日ではないものを見て、光は消えはしないのだと気づきます。光は深く隠されていたもの——原初の場の存在を象徴する「緑の苔」——を照らし出します。

ですから芸術家は、他の人たちよりもいっそう、「二重の王国」のただ中に身を置かなければなりません。彼はそこで夜明けの光が夜の闇を打ち破る瞬間をとらえる一方で、夕日の最後の光が山々の後ろに消える瞬間もおろそかにしてはいけません。また、花盛りの自然を称えながらも、枝に常に存在する冬を知らずにいるわけではありません。枝は、葉っぱが散り落ちて凍えていたときのことを記憶しています。詩人は失われたように見えるものを再び呼び起こし、よみがえらせながら、今ここに生きているという事実をほめ称えます。そうすることで、創造する者は創造主の立場に身を置くのです。もう一度申しますが、創造主は無から万物を生じさせました。したがって、芸術の道はその最も高度な次元において、人間的なものを神的なものに結ぶのです。

けれども調和の規範に従うことを望まず、美を形式上の均衡とは別のところに求めた芸術家や詩人たちも、みな忘れるわけにはいきません。不調和や不均整、さらにはグロテスクを通っていく彼らの探求の中には、ときになにか偉大なるものがあります。形式の問題を超えて、ある者は的確にも、私たちの存在のただ中にありうる混沌とした部分、さらには堕落した部分にも関心を寄せました。たとえそのアプローチの目新しさが後に自己満足したニヒリズムに堕してしまったとしても、腐敗と死から目をそらさず見つめようとした人たちには先駆者としての功績があります。ボードレール〔フランスの詩人。「腐肉」を含む詩集『悪の華』は後世に多大な影響を与えた（1821–1867）〕の「腐肉」という詩を取り上げてみましょう。彼は太陽のもと、刻々崩れていくある動物の腐った死骸を描写しています。それは、「淫蕩な女」のように、うじ虫の黒々とした群れの食欲の餌食となっています。自分があがめる女もいつかはあのような状態になってしまうのだ。そのとき詩人はそう思って驚愕します。それにしても、女の今の美しさの「形相と神々しい本質」だけは自分は保持しているだろう。それが詩人の唯一の慰めです。この詩は私たちに、一見矛盾しているようにみえるが実は相補う二つの感情を抱かせるかもしれません。一方で人は美の脆弱さ、さらには虚しさを嘆き、だから肉体的美は不十分であるという確証を得るかもしれません。他方ではまた、それでも美は存在する。これほど不安定で壊れるべき運命に定められている状況にもかかわらず、美の奇跡は繰り返し形を取り続けている。この信じがたい事実に感動するかもしれません。ここで荘子のことが思い出されます。彼はその著作の最終章で、「天と地のあいだには偉大なる美がある」と主張し、「絶えず腐敗を驚異へと変える自然の魔法の力」を称えています。

「天使との格闘」に譬えられる必死な戦いである創造行為の途中で、芸術家は愛の情熱がたどるものと同じ形の経験をします。それに、一つの形式を手なずける必要もあるだけに、おそらくは厳しい経験です。その形式がフェルメール風に調和のとれたものであれ、フランシス・ベーコン〔アイルランド生まれのイギリスの画家（1909–1992）。極度に歪んだ奇怪な人物像を描き、孤独感や不安を表現した〕風に痙攣するように歪んだものであれ、芸術は律動的な気に突き動かされた正確な強度にまで、形式が到達することを要求します。そのためには、芸術家はおのれの存在の構成要素である身体、精神、魂の三つに充分に働きかけるように促されます。

私は前回の「瞑想」のさいに、この三つの構成要素を自分がどのように理解しているかを説明いたしました。ここでまたそれを取り上げて展開し、芸術創造という特別な分野に適用してみたいと思います。身体はすべての基礎にあり、芸術創造は世界との肉体的な接触から始まります。重要なのは接触というよりも真の相互作用であり、それは芸術家の内面世界と外界が彼に提供できるあらゆる実体やインスピレーションとのあいだに起こります。この相互作用では精神がすでに働いていています。そこには技術上の習熟と、さらには扱う主題の適切な理解を前提とする高度に意識的な「行為」があるからです。しかし最終的には、芸術家が到達しようと努めるべきなのは深く秘められた、まったく個人的なヴィジョンです。そのときにこそ魂が介入します。私たちが確認したように、魂は各人の最も秘められた部分です。各人の誕生以来、あるいはもっと前から、魂はその人の中でいつか明るく輝こうとする微光を絶やさず、聞いてもらいたい子守歌を守っています。ジャック・ド・ブルボン＝ビュッセ〔フランスの作家（1921–2001）。チェンは彼の跡を継ぐ形で終身制のアカデミー・フランセーズ会員に選ばれた〕は魂を「各人の通奏低音」と定義しましたが、そのとおりです。あらゆる芸術作品は、その最高の状態においては、他の存在たちとの、そして至高の「存在」との、魂から魂への共鳴です。それは創造する一人ひとりにとって、時空間を乗り越え、別離と死を超越する方法です。創造する人はコミュニケーションではなく、魂の交感《コミュニオン》を目指します。

年を重ねるにしたがって、魂は身体が抱える欲求や経験をすべて、いっそう内面化していきます。すでに申しましたとおり、魂の果実は苦しみと喜び、涙と血を吸収します。芸術家も例外ではありません。終わりに近づけば近づくほど、彼はますます肉体を脱ぐように解放されていきます。ミケランジェロの最後のピエタ（一八）を、ティツィアーノやレンブラントの最晩年の肖像画を、范寛〔中国、北宋（960–1127）初期の画家〕やセザンヌのような画家の最晩年のヴィジョンを思いましょう。ダンテの『神曲』、ラシーヌ〔フランス古典主義を代表する悲劇作家（1639–1699）〕の『フェードル』、杜甫や王維、ルーミー〔ペルシア神秘主義詩人の最高峰（1207–1273）〕やタゴール〔インドの詩人（1861–1941）。一九一三年、東洋人として初めてノーベル文学賞を受賞〕の最晩年の詩を思いましょう。バッハ最晩年のカンタータ、ベートーベン最晩年の四重奏、シューベルト最晩年のソナタ、モーツァルトやフォーレのレクイエムを……落日の光輝そのものと同じくらいに輝かしいノスタルジーの叫び、リヒャルト・シュトラウスの最後の四つの歌曲も私は忘れていません。そもそも私たちそれぞれが、自分の死の間際に聞きたいと思う音楽を知っています。

耳を澄ましましょう。空《くう》と充を結びつけ、跳躍と後退を交互にし、尽きることのない歌声が大地から湧き出て、星々を動かす永遠の流れの偉大なる律動系に混じり合います。律動とは、同じものの反復である拍子とは違い、実に複雑な生の息吹の相互作用です。前進と繰り返し、繰り返しと新たな前進、強弱転換するぶつかり合い、調和のとれた交錯、音域と次元を変える螺旋運動にして、変化と変容をもたらすもの。その過程で、『繻子の靴』におけるポール・クローデル〔フランスの劇作家・詩人（1868–1955）。『繻子の靴』は演劇の代表作〕の表現を借りるならば、死はその結果として、「囚われの魂たちの解放」をもたらします。

ところが不幸なことに、存在するものにある何かが音楽を妨げています。この本質的な亀裂に人は名前を与えました。「悪」です。

＊

美についての話のところで、人間は知性と自由に恵まれ、あらゆるものを堕落させることができるということを私たちは見ました。そのことは死に関しても、はっきりと確認できます。死は明らかに堕落に加担することがあります。うまく制御できぬ本能、獣のような破滅的な性の本能に動かされ、憎しみや妬み、所有欲や支配欲の狂気に操られ、人間は死を悪に奉仕する根本的な道具にすることをためらいません。他者に生死を与える権利を持つ者がそれを行使するとき、犠牲者たちからただ生を奪うだけではなく、抹殺の前に脅迫や拷問によって、あらゆる人間的な実質を彼らから剥奪するほどに辱めたり、品位をおとしめたりすることがあります。彼はそのとき犠牲者たちの魂まで殺すのです。生ける宇宙がその進展の中でおそらくは予見していなかったような本当の虚無を彼は創り出してしまいます。生けるものたちの王国に暗黒の穴のようなものを作ってしまうのです。

生の秩序の中で最も高きもの、つまり無私無欲の愛、普遍的な愛を持つことができるこの人間という存在は、生き延びるために殺すという恐ろしい連鎖を、ほとんど断つこともできたでしょう。しかしその歴史の現実において、人間は最も恐ろしいとは言わないまでも、最も不安を与える動物であることは明らかです。反対に、少数のよき方針にそって人間に家畜化された動物、例えば馬や犬、ラクダやラバ、ロバ、あるいはウサギなどは、多くの人間が捨ててしまった美徳――気高さや忠実さ、忍耐、穏やかさ、純真さを持ち続けています。人間の創意工夫はなんでも私たちの賞賛の的となりますが――そしてそれこそが人類の優越性を証明するためによく利用される論拠の一つです――、近代に指数的に急激な発展を見たこのテクノロジーがさらに改良されていくにつれ、最悪の逸脱を経験することにもなりました。つまり、拷問の方法をさらに精緻なものとし、大量殺戮をより効率的にして、強制収容所のような世界を作り出すことを可能にしたのです。二十世紀には、人間によって発明された一連の殺害方法が、最も原始的なものから洗練されたものまで、さらに個人的なレベルにおいても集団のレベルにおいても、まるごと展開されるのが見られました。いったい私たちのうちのだれが、あの被害者たちが息絶えるまでに被ったことすべてを想像し、実感することができるでしょうか。「野蛮人たちのギャング」と自称していた男たちの手の中にあったあの若者、あるいは、おぞましい地下室で際限のない日夜ずっと、サディストたちの支配下に置かれていたあの女性の苦しみを。そして、憎しみが大衆を支配し殺戮に駆り立てると、いかなる防壁も彼らの凶暴さと軽蔑を阻止することはできません。ある虐殺のときには、労力を節約し、より早く済ますために、死刑執行人たちが犠牲者に大きな穴を掘らせてから銃床や銃剣で突いて穴に落とし入れ、それから彼らを生きたまま埋めてしまうようなことも見られました。他の実例では、鉈で切られるよりは銃弾で殺してくれと犠牲者たちが懇願したところ、執行人たちがこうどなったそうです。「おまえらのようなやつに銃弾だと？　なに言ってやがる！」また私たちの時代にごく近い別の民族大虐殺のさいには、母親たちが処刑される前にその子供たちが目の前で殺害された例、夫たちがとどめを刺される前に目の前でその妻たちが犯されたりした例も見られます。なんと恐ろしい二十世紀でしょうか！　前世紀は、生を尊重するという至高の法をそのペディメント（一九）から消してしまったのです。

「汝殺すなかれ」はすべての文化において有効な暗黙の掟です。それにしても、その掟は口に出して表明することでさらに価値が上がるものです。それはヘブライの伝統の場合であり、この掟は「いと高きもの」から来た聖なる命令です。あらゆる人間社会はいくつかの基本的な禁忌の上に成り立っています。第一のものは近親相姦ですが、「汝殺すなかれ」は最も根本的なものです。ですから、第二次世界大戦の途方もない大殺戮から三十年も経たないうちに、私たちのあいだで、「禁止することは禁止だ！」という能天気な声が響いたとき、私は怖くなりました。もちろん、あらゆる抑圧的で不正な禁止事項とは闘わねばなりません。そのことと、すべての制限を白紙に戻してしまうことのあいだには差があります。文明を野蛮から区別する差そのものです。解放してくれるのは生の規範だからです。何でもよいというわけではありません。本当の自由は人間の尊厳を保障するものであり、それを単なる快楽原理に振り回されているようなだらしなさと混同することは、致命的な誤解に属することです。当時私が最も恐れたことは、大知識人たちが立ち上がってこのような愚かな言動を告発する声を、どこにおいても聞かなかったということです。立派な知性を賞賛されていた幾人かの「思想の指導者」たちを注意深く読んでみると、彼らの思想は、「すべては許されている」という同じ結論に達していたことに気づきます。そのとき、ドストエフスキー〔ロシアの小説家（1821−1881）。続く引用は近代文学最高峰の一つとされる『カラマーゾフの兄弟』より〕のことを思わずにはいられません。十九世紀の終わりに、生まれつつあったニヒリズムを恐れて、彼はこう警告しました。「もし神がいなければ、すべてが許されてしまう。」

二十世紀の終わりには、神の死だけではなく、人間の死も告げられました。この知らせを告げた者にとっては、単に事実の確認だったのでしょうか。それとも新たな警告だったのでしょうか。後者の場合であれば、倫理の分野に新しい価値を導入する努力を彼に期待したいところでしたが、その提示はありませんでした。本当のところ、聖なるものという観念がすっかり排除されてしまうと、諸価値の真の序列を打ち立てることは人間には不可能なのです。そのとき外側からいくつかの規則を課そうとすることはできますが、無駄なことです。魂は根本的にはその規則に与しません。その規則は生の真の源に由来するものではなく、その源に養われているわけでもないからです。

料金受取人払郵便

綱島郵便局
承認
2960

差出有効期間
平成32年3月
31日まで
（切手不要）

郵便はがき

223-8790

神奈川県横浜市港北区新吉田東
1-77-17

水声社 行

御氏名（ふりがな）	性別 男・女	年齢 歳
御住所（郵便番号）		
御職業	（御専攻）	
御購読の新聞・雑誌等		
御買上書店名	書店	県 市 区 町

読　者　カ　ー　ド

この度は小社刊行書籍をお買い求めいただきありがとうございました。この読者カードは、小社刊行の関係書籍のご案内等の資料として活用させていただきますので、よろしくお願い致します。

お求めの本のタイトル

お求めの動機

. 新聞・雑誌等の広告をみて（掲載紙誌名　　　　　　　　　　）

. 書評を読んで（掲載紙誌名　　　　　　　　　　）

. 書店で実物をみて　　　　4. 人にすすめられて

. ダイレクトメールを読んで　　　　6. その他（　　　　　　　　）

本書についてのご感想（内容、造本等）、今後の小社刊行物についての
ご希望、編集部へのご意見、その他

小社の本はお近くの書店でご注文下さい。お近くに書店がない場合は、以下の要領で直接小社にお申し込み下さい。

◎

直接購入は前金制です。電話かFaxで在庫の有無と荷造送料をご確認の上、本の定価と送料の合計額を郵便振替で小社にお送り下さい。また、代金引換郵便でのご注文も、承っております（代引き手数料は小社負担）。

TEL：03（3818）6040　FAX：03（3818）2437

このように制限という観念をすっかり解体しようとする意志は、世に一般化した非神聖化の意志から生じたものですが、私が思うに、それは重大な過ちでした。聖なるもののない世界はカオスの世界だからです。ですから根本的な聖、つまり生の聖性を再び主張すべきなのです。そして同時に、おのおのの死――これもまた、それぞれの運命の奪うことのできぬ成果として了解された死ですが――も神聖であると主張すべきです。先史時代の専門家たちが教えてくれたことを、私たちは危うく忘れるところでした。それはすなわち、それぞれの死の生成に寄せられた注意は、霊長目ヒト科の形成の始まりを特徴づけるものであるということです。各人のための、礼儀にかなった埋葬は神の掟に由来するものである――このことを宣言するために、アンチゴーヌ〔ジャン・アヌイ（1910–1987）の同名の悲劇において、ヒロインのアンチゴーヌは反逆者として野ざらしにされていた兄の遺体に弔いの土をかけ、捕らえられてしまう。叔父にあたる王クレオンはアンチゴーヌを助けようとするが、彼女は自己の信念を曲げず、王の厳命に背く者に与えられる死を受け入れる〕は自己犠牲に同意しました。彼女を国家の存在理由に対する勇敢な行為のゆえにのみ賞賛することは、これを忘れることになります。死体への配慮は人間のあらゆる掟に必要なある超越性に属するものであると、クレオンと私たち全員にアンチゴーヌは喚起するのです。

すべての犯罪は犠牲者たちの肉体を冒瀆し、彼ら自身の死を奪うことになります。集団犯罪は非人間化に他ならないこの死の剥奪の効果を重くします。人類の歴史において、そのような悲劇的な出来事は稀ではありませんが、二十世紀に起きたものは先ほど言及したテクノロジーの堕落のために、恐ろしさにおいて何段階も上のものです。ナチスによってなされた民族大虐殺において、犯罪はもう超えられないような段階にまで押し進められました。ナチスは凍りつくような合理性で死の産業化に取り組み、死からあらゆる意味を失わせました。死が何カ月も何年ものあいだ、連日、逃げ場のない恐怖の中で日に何千もの死体を作り出す工場の所産になるとき、その死にはもういかなる人間的なものもありません。私は先ほど死は私たちのもっとも貴重な財産の一つであると申しましたが、その死はアウシュヴィッツでは死んだのです。何千もの男や女や子供の死体が灰にされ、最悪の場合には何かの原料（女性の髪、金歯、石鹸に変えられた人間の脂肪……）として使われるとき、そう、死は殺されたと言うことができます。さらには、ナチスの犯罪は一民族の消滅を企てただけにはとどまりません。その犯罪は、民族の消滅そのものの痕跡が消滅し、あたかも滅ぼされた生が決して存在しなかったかのように、もう将来だれもその生を思い出すことができぬように、あらゆる方法を取ろうとしたのです。彼らの死も生も、最終的に、「夜と霧」[二〇]の中に失われるはずだったのです。

ヒトラーの体制はその崩壊の前に、骨となり積み重なった死体、無名の骸骨の山を全部消し去ることはできませんでした。もし私たちが、犠牲者の姿があまりに耐え難いものなので楽しく生きることができないという口実で彼らを忘れようとするならば、そのときには私たちも犯罪者に加担することになってしまいます。幸いなことに、それでもなお、骨となったそれぞれの死体の後ろに一つの魂を見る人は大勢います。例えば、一九四四年にアウシュヴィッツで亡くなった詩人バンジャマン・フォンダーヌ〔ルーマニア出身だが、フランス定住後はフランス語で書いた詩人・哲学者（1898–1944）〕のような魂を。

あなたに話しかけます　遥か遠い国にいる者たちよ
人間から人間へと話しかけます
私に残る人間のかけらをもって
私ののどに残るわずかな声をもって
私の血は街道に残っていますが　どうかどうか
報復を叫ばないでください！
（……）
きっといつかは来るでしょう　渇きが癒される日が
私たちは思い出の向こうにいるでしょう
死はもう憎しみの仕事は終えていて
私はあなたに踏まれるイラクサの束となります
——だからわかってください　私も顔を持っていました
あなたのように　祈る口を持っていました　あなたのように
（……）

けれども　ちがいます！
私はあなたのような人ではありません
あなたは道の上で生まれてはいません
あなたの子どもたちは下水道には投げ捨てられなかった
まだ目の開かない子猫さながらに
あなたは町から町へとさまよわなかった
警察に追い立てられながら
あなたは夜明けの災厄を知りません
動物の代わりに人を乗せる車両も知りません
そして辱められた苦いむせび泣きも
したこともない犯罪をとがめられ
まだ死体さえない殺人をとがめられ
名前と顔を変え
罵声をあびた名前を持ち運ばないように
みなが痰をはく壺となった顔を
さらして歩かないように

フォンダーヌのように、すべての犠牲者たちはこの上ない苦痛と悲しみ、極限の孤独と終わりのない絶望を体験しましたが、それにもかかわらず、最後の試練のときには多くの者たちが愛しい人の名前を呼びました。犠牲者たちは人間であることの意味をそっくり保ちましたが、彼らの虐殺者たちの方は汚れた非人間性の中に消えてしまったのです。

このような絶対的な悪とそれが引き起こし、今も相変わらず生じている筆舌に尽くしがたい不幸を前にすると、私たちは声を失ってしまいます。自分が深く信ずることを述べるために、私には一つのことしか言えません――もしいつか世界が救われるならば、すべての無垢の犠牲者たちと共に救われることでしょう。

第四の瞑想

みなさま、前回までの「瞑想」で私たちは、生が肉体の死をその固有の掟の一つとして課したこと、それは生が生であり、移り変わるものであるためだということを確認することができました。死は生のある状態の停止にすぎませんから、生がなければ存在しないものなのです。肉体の死は不可避ですが、逆説的に生が真の絶対的原理であることを明かします。冒険とはたった一つ、生の冒険しかありません。この冒険が宇宙で起こらなかったことにする、冒険が続いていくのを止める、それはもうなにものにもできません。こう言いながら、私は単にそれを真実だと疑うことのないすべての宗教の信者のことを考えているのではありません。事実を誠実に大切にする人たちの判断にも頼っています。例えば、「生の本質は永遠である」と主張したスピノザ〔オランダの哲学者

（1632–1677）のことを思います。また、特定の信仰はなくても、すでに引用した、「生は生を生み、終わりはない」という格言を自分たちのものとした中国の人々を思います。

変化と変貌の潜在性に満ちた、生成する冒険としての生……それならば、とても気にかかっていた問いをついに発してみましょう――個々の死はどうなるのでしょうか？　おのおのが密かに育んでいる永遠の生命という夢はどうなるのでしょうか？　何を希望することが私たちには許されているのでしょうか？　ことばを操り精神を備えた存在となった私たちは、明らかに腐敗を運命づけられている肉体の側に、この問いかけへの答えを見つけることはできないと知っています。それならば、各人の否定しようもなく独自で取り換え不能であるところ、身体と精神の恵みを取り入れることのできるあの部分、つまり魂の方に向かうべきなのでしょうか？　魂の不滅という見通しは考えられるのでしょうか？　この問いに関しては、裁判官が下す判決のような答えを私に期待しないでください。それに、だれもそのような仕方で答えることはできません。それはまさに、生そのものが生成する冒険であるという単純な理由によります。私はここで瞑想をしているのであり、教師として講義をしているわけではありません。ごく慎み深く、みなさまとご一緒に、真実からできるだけ離れずに、一歩一歩進んでいこうとしているだけです。

まず最初に、人が亡くなるとその魂は身体から離れて生き続けるという考えを検討してみましょう。この考えはあらゆる宗教で確固たるものであり、まだ数多くの文化において根強く残っています。例えばイスラム教では、最後の審判は至高の「出来事」であり、復活を新しい創造として正当化します。一つひとつの魂がそのとき、神の実在とおのれ自身の価値を知ります。ヒンズー教の方面においては、ラマナ・マハルシ〔インドの神秘思想家・精神的指導者（1879–1950）〕のような人の教えを聞いてみましょう。「肉体があってもなくても、覚醒状態であろうと、夢を見ていようと、深い眠りの状態であろうと、各人の存在は明らかである。それならば、どうして肉体につながれたままでいようとするのか。人は永遠の自己を見出し、死しても不滅で幸福であれ。」

　こんどは中国の事例を見てみましょう。古い時代、宗教的実践が比較的少ないこの民族は、本能的に魂の永続性の信仰に与していました。そもそも、「魂」という表意文字は霊、ないし祖霊を示す要素を含み、それらの上に死は力を及ぼしませんでした。紀元前四世紀頃、魂という観念はより明確に定式化されます。それは二つの相補的な部分から成り立っています。理性をつかさどる陽の「魂」と、感性をつかさどる陰の「魄」です。人が亡くなると、陽の魂は天にたどり着き、陰の魄は地に戻ります。この考え方はだいたいのところ道教の考え方となっています。その後、仏教が転生の観念を導入することになります。この二つの宗教はともに、死者の魂が迷ったり、さまよう魂になったりしないように保障する配慮を有しています。そのために祈りをささげるのです。現代において中国社会はあまりに混乱してしまったので、すべてが雑然としてしまいました。それは特に共産党の理論家たちによって繰り広げられ、長く数十年も続いた、あらゆる形の「迷信」を撲滅するキャンペーンの後のことです。しかし奇妙なことに、あの毅然とした唯物論者たちのあいだでさえ、革命の重要な人物の死去に際して、「彼の精神は永遠に不滅だ」とか、「彼の英雄的魂は死なず」といった吹き流しや看板の前で葬儀のセレモニーが展開することはまれではありません。そして毛沢東自身でさえ、死期が近づくのを感じると、「私はもうじきマルクスに会いに行くのだ」と何度も言ったのです。

プラトン哲学とユダヤ・キリスト教の伝統にしるしづけられた西洋においては、魂の不滅の観念は広く伝えられ、少なくとも十八世紀の中頃までは受け入れられていましたが、それも無神論によってますます体系的に批判されるようになります。しかしながら、無神論者たちと、生のヴィジョンの中に彼岸の次元を組み入れている人たちのあいだの論争は、必ずしも明確な結論が出るものではありません。彼らのあいだに不可知論者が割り込むからです。ですから、私たちの考察においても断定を避け、含みのある言い方を取り入れるほうがよいでしょう。ここで、魂や魂の交感に関するある私的な事柄を一つ二つ披露したいと思います。私個人に関わり、心を打たれるに至ったことです。

＊

地中海沿いにフランスからイタリアに向かい、ジェノヴァとラ・スペツィアを過ぎると、リグリア海岸に沿って一連の小さな町々を通ります。山が迫る古くからの漁港で、一つひとつの町が見事な曲線を描く入江の奥にひっそりと静まっています。この入り江の連なりは、「詩人たちの湾」と呼ばれています。驚くほどに美しいこの小さな地域を、古代以来、ウェルギリウスやダンテを始めとして、様々な世代の詩人たちがひんぱんに訪れていたからです。十九世紀の初め、この長いイタリア詩人の系列に二人のイギリス詩人が加わりました。それもかなりの大詩人、ジョージ・バイロン〔続くシェリー（1792-1822）、キーツ（1795-1821）と共にロマン派を代表する詩人（1788-1824）〕、またとりわけパーシー・ビッシュ・シェリーです。シェリーは、のちにフランケンシュタインという人物像を創作したことで有名になった妻メアリーを伴い、友人夫婦と共にレリチに居を構えます。二組の夫婦は緑豊かな丘が背後に迫り、輝くように白い貴族の大邸宅に住みます。家を出て村に続く道を横切ると、もう直接浜辺に出る、そのようなところです。シェリーはそこで自然の美の中に浸りきって、旺盛な文学活動に取り組みます。プラトン、アイスキュロス〔古代ギリシャの悲劇詩人〕、スピノザ、ゲーテ等を英訳していきます。また、相変わらずイギリス社会に反抗し続ける一方、彼は妻メアリーとジェーンとのあいだで引き裂かれる愛に苦しみます。ジェーンは友人たちと一緒にシェリーたちのもとを訪れているのですが、詩人は彼女に崇高な詩句をささげることになります。もう一人の天才的な詩人ジョン・キーツが、ローマにおいて、つらく惨めな状況で亡くなったとの知らせが彼に届くのは、このような状況のときです。酷評にひどく苦しみ、結核にむしばまれ、キーツもイギリスを去らざるをえなかったのでした。深く動揺したシェリーは、キーツにささげるオルフェウス的主題の歌、五十五の詩節からなる「アドネイアス」と題された大きな悲歌を書き始めます。彼の作品のなかで最も知られているものです。最終詩節を読んでみましょう。

私の歌でその力を祈願した息吹が
降りてくる。私の心の船は押し流される
岸辺から遠くへ、震える群衆から遠くへ。
彼らの帆は嵐にさらされたことなどはない。
どっしりとした大地と球形の空が裂ける！
暗闇の中、今や恐怖が私を遠く運びさろうとするとき
見よ、天の隠されたヴェール越しに燃える
アドネイアスの魂が、輝く星のごとく
不滅のものたちの住処《すみか》から灯台のように見守っている。

シェリーは無神論を公言していたと、はっきり言っておきましょう。一方、キーツにとって、「この世は魂たちが成長する谷（一二）」です。しかし結局のところ、各人特有の信条はあまり重要ではありません。この最後の詩節でシェリーは、天国で見守っているキーツの魂に再び会いたいとい

う願いに突き動かされているのです――「アドネイアスの魂が輝く星のごとく、不滅のものたちの住処から灯台のように見守っている。」

　キーツの魂とまた一緒になるには、どうしたらよいのでしょうか。水という道を通ってです。ローマにあるキーツの墓石にはこう刻まれています――「その名が水の上に書かれている詩人、ここに眠る。」直観に導かれたように、シェリーは詩の中で言っています。「私の心の船は押し流される、岸辺から遠くへ」。そして少し先の方で、「暗闇の中、今や恐怖が私を遠く運びさろうとする」のですが、実はアドネイアスの魂である灯台の方へ向かっているのです。直観でしょうか、それとも予感でしょうか。一年も経たないうちに、一人の友人と共にシェリーは帆船で海に出ます。すると突然に嵐が起こり、船は難破、詩人の遺体はヴィアレッジョ近くの浜辺に打ち上げられます。上着からはキーツ選集が見つかりました。詩人と親しかった者たち、バイロンを含む友人たちが駆けつけます。そのまま浜辺に火葬台が築かれ、遺体は火葬されます。その夜、星空に炎が燃え上がっているとき、悲しみに打ちひしがれたバイロンは海に飛び込み、力の続く限り沖へと泳ぎました。

　私は十五歳のときに西洋の文学に目覚めましたが、それはまさにイギリスの詩によって始まったのです。キーツとシェリーの肖像画が私の部屋の壁を飾っていました。キーツは二十六歳、シェリーは三十歳で亡くなりました。（二二）すでに申しましたように、私は彼らより長く生きることはないと思っていました。私がある日、アペニン山脈の高みで書かれたシェリーの一篇の詩に出会ったのはそのころです。詩人はそのとき岩に腰を下ろし、松の香りとミツバチの羽音に囲まれ、夏の午後の陽のもとで遠く地中海がきらめくのを眺めていたのです。私も同じ光景をいつか見てみたいという激しい思いにとらわれました。ところが私は、戦火の真っただ中、中国の奥地にいたのです。海を見たことはありません。近づくことができるとも思いませんでした。まして遠い地中海など、言うまでもありません。いかなる奇跡によってか、私はある日ヨーロッパにやって来ることができました。フランス語で書く詩人となり、私の詩はイタリア語に訳されました。とりわけ、ここにご出席の詩人ミケーレ・バラルディ氏によるものです。このようにして私はある日、名高いレリチ詩大賞を受賞したのです。二〇〇九年、私が八十歳の年です。レリチ！　まるで夢であるかのように、思春期の導き手だった大詩人たちがかつて住んだその場に身を置いた私の感動がおわかりでしょう。

　部屋のバルコニーからは、相変わらずそこにあった白い家が当時のまま、明け方の涼気、昼の灼熱、落日の光輝のもとに見下ろせました。あまりにも近く、親しみ深く、その家は私にとって心の聖堂、哀歌と賛歌が高く鳴り響く聖堂となりました。また、ある満月の夜の潮騒の中で、オックスフォード風語調の声(二三)が、心はあの十五歳のままに若い私の耳にささやくのが聞こえたのです。「わかっただろう。ぼくらの友、キーツが言ったとおりだ。この世は確かに人が魂へと変わる通過儀礼の場だ。魂となってぼくらはまた会える。どんな距離だって、ぼくらを引き離すことはできないんだ。」シェリーと私のあいだに、このようにして信じられないような暗黙の合意が生まれ、それは私の生を閉ざすどころか、疑いようもない広がりを与えたのです。私は敢然と新しい「領域」に入りました。

*

ごく最近の、そしてさらに個人的な別の出来事を語るのをお許しください。何日か前、今回の「瞑想」を準備している最中に、私はアメリカ合衆国からやって来た一通の手紙を受け取りました。それは毎回この「瞑想」に出席している一人の女性の友人から手渡されたもので、差出人はチェロ奏者の中国系フランス人女性、セシリア・ツァンでした。ツァン氏は、私が彼女の父親のことを話すのを聞きたいという願いを述べていました。おそらく私が父上の知り合いであった者のうち、現在ただ一人の生存者であることを知っていたのでしょう。その願いは一挙に六十年以上前の、一九五〇年代初頭に私を連れ戻しました。あまりにも遠く、私には前世に属するように思える時代です。

そのころ私は、祖国から離れていることと実生活においてうまくやっていけないことが原因で、悩み苦しんでばかりいる若者でした。セシリア・ツァンの父は私のような若者で、日常生活にうまく対処できない点では同じでしたが、結婚してすでに一人の女の子の父であるという点では幸運でした。そしてことに私とは反対に、自分の天職についてはまったく疑いを持っておりませんでした。それは作曲家になるということです。上海芸術学校出身の国霊——「国の魂」を意味する名——は、その世代ではもっとも期待された者の一人でした。魅力的な妻に後押しされ、彼は自分の芸術に磨きをかけるためにフランスにやってきたのです。私は彼について、いつも音楽のためにのみ息をしている男だと言っていたものです。また、どうしてなのか自分でもよく分かりませんが、直観的に彼をジョルジュ・ビゼーに例えていました。それはたぶん、その並外れたリズムと旋律の感覚のせいです。私は思い出します。魅惑的なリズムに支えられた彼の作品の一つを聴いている最中に、自分が覚えたフランス語での最初の音楽用語のうちの一つ、「通奏低音」を私は彼から教えてもらいました。その後、前にお話ししたように、ジャック・ド・ブルボン＝ビュッセの考えを援用し、私はこの概念を使って各個人の魂を定義することになります。

ツァンは郊外に住んでいて、自転車で移動していましたが、ある晩戻ってきませんでした。暗闇の中で一本の木に衝突し、即死していたのです。後に残されたのは大きく口を開けた沈黙、断ち切られ茫然自失したかのような歌です。セシリアは生後たった四十日でした。もともと裕福ではなかった彼女の母親は、二人の娘をたった一人で育てるために、いかなる苦悩と欠乏の道をたどらねばならなかったことでしょうか。

数日前に手紙をもらう前に、セシリアと接触したことは一度もありません。ただ一九八〇年代、あるいは九〇年代、ラジオのフランス・ミュージックでその素晴らしい演奏を何回か聴く機会があっただけです。私はそのとき叫んだものです。「ああ、父上の魂が彼女に乗り移った！」と。彼女の思いがけぬ手紙を受け取ったとき、そのチェロの弓のようにしなり震える筆跡に感動して、私は次の詩を送りました。

肉をまとった魂、あの各人の通奏低音
他のものが触れるとそれは
震え、鳴り響く

そのときゆっくりと立ち上がるもの
覚醒し、それから驚嘆し
覚醒させ、それから魅惑し
揺籃期のあの歌
かつて朗々と響き渡り、それから忘れられ
長いあいだ埋もれ、それから想起され
現在をその満ち足りた頂から朗唱し

そこでは花開いた百合がついに星にたどり着き……

存在とはまさにこの音楽ではなかろうか？
始まりからずっと
だれかに聞いてもらおうとして
待ちつづける
日ごとのあらゆる瞬間に
そして一つの生のあいだ毎日
ついに手が竪琴に触れることを覚えるときまで

今度は、私の詩をすぐに暗記するまでに心動かされたセシリアの方が、楽曲にするためにこの詩を友人の作曲家、エリック・タンギーに渡すことを提案します。そしてこう付け加えるのです。「曲は『百合《リス》と竪琴《リール》』と名付けることができると思いますが、いかがでしょうか？」実に見事なタイトルです。二つの語の音韻的なつながりは、百合という存在と竪琴という存在とのあいだのつながりを喚起しています。その絆は私にとっては、脆くて「朽ち果ててしまう」百合と、竪琴が奏でる永遠の歌のあいだに必ずや生ずる、変形と融合のプロセスを示唆するものです。私はただちに次のような考えを抱きました。「ある日、百合が花開き、竪琴となる。」
　今語ったエピソードは、魂から魂への伝達というはっきりした感覚、どこかで何かがついに完遂したという奇妙な確信を私に与えるものです。そして今これから、変容のときが流れ始めるのだという確信を。

*

　私はこれから、今までに幾度も感じてきた、ある個人的な感情について語りたいと思います。年月を重ねておりますから、私は親しい者たちの死の床に何度も臨みました。その声や眼差し、感受性や情熱、震えるような感情の高まりや嘆き、その笑いや涙を親密に知っていた人たちです。毎回私は、その人のかけがえのない存在と目の前に横たわっている動かぬ遺体との落差に深い感銘を受けました。突然動かなくなってしまったその身体は、疑いようもなく近親者や友人のものでした。けれども私にはわかっていたのです。その人の存在は「それ」に還元されるものではなく、すでに信じられないほど解き放たれ、統合され、別の所にいるのだと。彼はそのときからすでに別な風に存在し、しかもより強く存在していたのです。そのようなとき、私はコクトー〔ジャン・コクトー（1889–1963）はフランスの作家〕のことばを思い出したものです。彼はジロドゥー〔ジャン・ジロドゥー（1882–1944）はフランスの作家〕の棺の華美な葬列を前にして突然の直観に打たれ、友人たちにこう言ったのです。「あいつはここにはいないよ。もう行こう！」

私はまた、皆に計り知れないショックを与えたカミュ〔アルベール・カミュ（1913–1960）もフランスの作家。ノーベル文学賞受賞の二年後、自動車事故により非業の最期を遂げた〕の激烈な死のことを思いました。私たちのうちの多くの者が本を通して、知性鋭く情熱的な気性の持ち主、生きたいという切迫した欲動、また正義と連帯の熱き探索に突き動かされたあの存在をよく知っていました。当時の新聞・雑誌はあの手この手の記事や写真によって、カミュがどうなってしまったのか――つまり骨の砕けた血まみれの肉塊ですが――を私たちに示そうとしました。カミュにとって大切な語、「反抗」の感情が私をかき立てたことを思い出します。「なんだと？　彼の人としての威厳と精神の高貴がまるごと、一瞬にして屑の塊になってしまったって？」不条理――カミュにとって大切なもうひとつのテーマ――と言えば、実際に不条理だったでしょう。あの悲劇的な状況がなければ、それはグロテスクでもあったし、喜劇的でさえあったでしょう。いえ、やはり違います。私たちという存在の脆さの喜劇的、または悲劇的なるものを超えて、そのさらに向こうには、存在するという高次の、神聖な事実があるのです。もはやいかにしても、その人が、その魂が存在しなかったということにはできません。その人の唯一性を形作っていたものを消し去ることは、もはやなにものにもできません。ジャンケレヴィッチ〔ロシア系フランス人の哲学者・音楽学者（1903–1985）〕のことばを思い起こしましょう。「生がはかないものだとしても、はかない生を生きたという事実は永遠のものである。」

　それにしても、カミュは死んでゆくすべての人と同様に一つの謎であり続けます。結局のところ、彼はなにものでしょうか。どうなってしまったのでしょうか。なぜ彼はそこにいたのでしょうか。他者とは異なるあの顔を見せて、あの固有の名前を持って。彼の頭脳は無駄に回転したのでしょうか。その心臓は無駄に脈打ったのでしょうか。これらの問いを私たちは自分についてもすることができます。そして私たちは改めて究極の問いの壁の前に立ちます――私たちはどこからやってきたのか、私たちはなにものなのか、私たちはどこへ行くのか。それでもやはり、それは一つ二つこだまを返す壁ではありません。少なくとも一つのことを私たちは知っているからです。それは自分が宇宙からやってきたということ、私たちそれぞれに何が起ころうとも、宇宙はそこにある、実に恐ろしいほどに平然とそこにあるということです。他のことについては、どうなっているのかは神のみぞ知るというわけです……

神？　ああ、まるで不注意であるかのようにそのことばが飛び出してしまいました。そもそも、これは単なる単語でしょうか、それとも固有名詞でしょうか。いずれにせよ、少なくとも論争の的となる語であって、それを信奉する人たちもいますし、拒絶する人たちもいます。私はまずその語を口に出しません。少なくとも軽々しく口にすることは決してありません。まったく口にしないでもいられます。しかしその場合には、今までに起こったことを説明し、驚くほど正確かつ精密であるとすぐにわかり、しかも時の流れに耐え作用し続けるあの諸法則を課したものを名指すために、別の名前を考案する誠実さを持たねばならないでしょう。そう知ることもなく勝手にできあがってしまった宇宙、自らを徹頭徹尾知らずに私たちのように意識を持ち、はかない存在を生み出すことができた宇宙。そして今度はそのような存在が永遠のただ中のほんのわずかのあいだに、その宇宙の営みを見て、それを知るに至った——すでに見てきたように、このような宇宙像は私たちを満足させません。神という観念を多くの者になんとか受け入れられるようにするために、最低限のことから、つまり宇宙と生が出現した源、「道」の歩みが保障されるための根本であるなにかとして、それを定義することから出発してみましょう。

この最後の文において、「なにか」という語を「だれか」と言い換えること、つまり、ある原理という観念を、なんらかの「存在」という観念に置き換えることはできるでしょうか。身体と精神と魂からなる人間となった私たちには、神とはそれ以下のものとは思えません。私たちは必然的に「至高なるもの」とのあいだに、人と「存在」との関係を保とうとします。これはまったく当然の探求です。だいたい、特性も名もない原理とどのような関係を持ちうるというのでしょうか。中国の思想は「非宗教的」と形容されますが、このような関係を拒みはしません。この思想は、「道」の奥深くに「神《シエン》」があって、神気（神の息吹）、または神明（神の霊）を与えてくれると言います。これらの恵みは、それと関係を持ち対話できる親密な存在とみなされています。それに偉大なる荘子は、その著作の中で四回も、「造物者」、つまり「万物を造った者」に言及しています。

神を見つめるということは、私たちを小さくすることになるのでしょうか。反対です。自らを「道」の歩みの中に組み入れることによって、もっぱら私たちを大きくするのです。ライナー・マリア・リルケはそのことを理解していて、こう書いています。「私の中には結局のところ、まったく言語を絶することなのですが、神を体験したいという態度、あるいは情熱があります……生涯にわたって私に重要であったことは、最も大いなるものをこの世のあらゆる神殿の中であがめること、それを可能にするようなあの部分を自分の心の中に見出し、確かめることだけでした。」

私たちには神の名前を口にする必要があります。なぜならば、私たちは生の秩序の中に決然と身を置き、自分の極限の状態である死について思いを巡らすからです。彼と対話し、可能な解決策を問う必要があるのです。神はおそらく対話の相手として私たちを造られたとまで仮定し、そのようなものとしてふるまうことは、あまりに思い上がったことでしょうか？　ここで必ずや聞こえてくるのは、コペルニクスによる宇宙像の革命的転回の後に私たちが抱いた意識、孤立し迷子になったような世界という意識を呼び戻す人たちの声です。地球は宇宙の中心ではなく、ましてや神のひいきする星ではなく、太陽系のほんの一部分にすぎない。これを発見したとき西洋が恐怖にとらえられたことが思い出されます。この太陽系そのものも広大な銀河のごくわずかな部分にすぎないし、その銀河でさえ他の何十億もの銀河で構成される限りのない総体のほとんど無視できるような一部分にすぎないと知ったとき、恐怖はさらに大きくなりました。今日にあっても、この状況を真に意識するならば、どうして茫然自失しないでいられましょうか。しかしながら、驚愕が去ったあと、人はこう自問するかもしれません。「地球は中心ではないのか？　それならば、中心はどこにあるのだろう？」動きが円環をなし、すべてが関係しあい支えあうという道《タオ》の世界観に育まれた人にとっては、宇宙とは絶えず拡張するものでありえますし、循環し、切れることのない気に支えられています。このようなものの見方が有効ならば、あらゆる点は、「すべて」に通じます。開かれた目と脈打つ心臓があるところ、すべてが中心です。

ここでもまた私たちは、おのれが生の冒険という壮大な冒険の一部分をなすということを疑いません。しかし実際のところ、私たちはこの宇宙の冒険において自らが果たす役割を正確に知っているでしょうか。私たちは賭けられているものと結末とを知らない劇の中の役者のようなものではないでしょうか。私たちはそのことを全く知らないのでしょうか。おそらく全く知らないわけではありません。生の神秘について、私たちはほんの少しは知っています！　各人が自らの内に、人類が抱えているものを抱えているからです。人類が自らの内に抱えているものとは、生の両極端のあらゆる状況です。つまり天国も地獄も、頂も深淵も、最高圏への跳躍も底なしの残忍さへと落ちる性《さが》も、神々しい至福の瞬間も根源的悪によって生ずるむごい苦しみもすべて含めて抱えているのです。人類においては、あらゆる満たされぬ望みと遂げられぬ欲求が果てしのない裂け目を穿っていて、ただ永遠だけがこれを満たすことができます。私たちの真実は、平らに地ならしをすることにも消し去ることにもありません。真実は変質と変容の中にあります。私たちが喜びを得られるのはただ、自らを打ちひしぐ苦悩も欠乏も引き受けてのことであり、傷と苦悩に砕かれた肉体を抱きかかえてこそ、真の平安を得られるでしょう。真実の生はこのような代価を必要とします。

人類のただ中に、光明と慰めを惜しみなく与えてくれる素晴らしい人物が何人も出現してきました。彼らは人間の偉大さを証し、私たちを絶えず高みへと引き上げてくれます。ある日、私たちの中の一人が立ち上がり、生の絶対性へと向かい、自らの命を与えることによってこの世のすべての苦悩を背負いました。そのおかげで、いかに辱められ責めさいなまれた者であっても、まったくの暗夜の中でおのれを彼と同一視し、彼の内に慰めを見出すことができます。彼がそうしたのは、苦しみの中で自己満足するためではありません。十字架に釘づけされるままになり、絶対的な愛が可能であることをこの世に示したのです。それは、「死のように強い」愛、いや、死よりも強くさえあり、自分に死刑を執行する者たちについても、「彼らを赦したまえ。彼らは自分が何をしているのかを知らないのです」と言うことができるような愛です。この神に向けられたことばは私たちにも向けられていて、神の赦しにあずかり、人間の生成を神の生成に、各人の単一性を、「存在」そのものの単一性に結びつけるように呼びかけます。このように語る者は、生のトンネルを「開かれたもの」に至らせます。彼によって死はもはや単に生の絶対性の証拠ではなく、愛の絶対性の証拠となります。彼によって死は性質と次元を変えます。死は変容の限りない息吹が通ってくる入口となるのです。

そう、彼によって死は真の誕生へと変わったのです。それは私たちの地球の上で、人類の歴史の決定的な瞬間において起こりました。何人《なんびと》もこれほど遠くまで行ったことはありません。各人の信条がいかなるものであれ、このキリストの行為を、私たちの意識を動転させるに至った最も大いなるものの一つと認めることができます。

無神論者や不可知論者の間でさえ、多くの者がこの点について一致しています。けれども神については、私たちは何を言うことができるでしょうか。神に向かって、何と言うことができるでしょうか。「神について」話すというのならば、これほど広大な主題を前にして、あらゆることばの虚しさにとらわれずにいることができるでしょうか。「神に」話しかけるというならば、すぐに非難してしまわないようにするにはどうしたらよいでしょうか――なぜこんなに出来の悪い世界を創ったのか。なぜ悪の災禍を黙認したのか。無垢の人々の苦しみというスキャンダルを前に、なぜこのように沈黙したままなのか。どう見ても無関心と取れるこの無反応さはなぜなのか……いろいろな問いかけが押し寄せてきますが、私たちは答えを得ることができません。神は実際に沈黙したままです。おそらく、そうせざるを得ないのでしょう。

ここで、第一の「瞑想」のときと同じ努力をすること、つまり私たちの立場を逆にして、視点を入れ替えてみることにしてはどうでしょうか。常に創造主に向かい合い、反抗者として、あるいは嘆願する者として見つめるのではなく、まさに創造の側に身を置き、なにが可能であるかを想像してみるのです。冒瀆ではないとしても、恐ろしく大胆なことですが、私たちはこの方向転換をせざるを得ないほど追い込まれているのです。この転換は私たちにとって有益なものとなるでしょう。問題をもう少し明確にとらえ、テイヤール・ド・シャルダン〔前出。四〇頁の割注を参照〕がこう書いていたことを理解する手助けにもなるからです。「創造するということは全能の主にとっても、些細な遊び事のようなものではない。それは冒険であり、リスクであり、全身全霊で身を投ずる闘いである。」

生の出現に関しては、創造主は最初からジレンマの前に立ったはずです。ちょうど私たちのように、彼も完璧な世界を望んだかもしれません。そのためには、申し分なく従順で、指揮棒を振り上げるとみな起き上がり、指揮棒を下すとみな寝てしまう、ロボットのようなタイプの被造物の集団を創造すればよかったのです。しかしそれでは、みなもう生の秩序の中にいることにはなりませんし、創造主はそこからいかなる喜びも汲むことはできません。命あるものたちが意識を持つに至り、創造主と対話ができるようにまでなるには、知性と自由を備えていなければなりません。創造が愛の原理に息づいていなければならなかったとすると、これはなおさら必要な条件です。

するとほとんどすぐに、ある問題が生じ、生のプロセスをドラマに変えました。前回の「瞑想」のさいに見たような根源的な悪の問題です。人間は知性と自由を備えた存在として、所有欲、支配欲に動かされると、すべてを堕落させて未曽有の苦しみを生み出し、生そのものの秩序の破壊も引き起こしかねないのです。神はこのような状況を踏まえて時おり介入し、膏薬や絆創膏で事態を和らげたり、定規や警棒で矯正したりすることができないのでしょうか。もちろん、できません。もし神が「道」の歩みを保障する者ならば、気まぐれは許されないのです。真の創造とは留保なしの完全な贈与であり、思いつきで少しずつ付け足されていくように進むものではありえません。儒学者たちは彼らの師に従って、『中庸』の中で主張しています。「天の道は確固不動で信頼に足る。損ねず、裏切りもしない。だから人の道は、どうすべきかを心得ているのだ。」

このような展望に立てば、生の展開は目覚ましい前進も予期せぬ危険もいっぱいの果てしない冒険となります。人間にとっても冒険であるし、神にとっても冒険です。より正確には、人間の冒険が神の冒険そのものとなると言うべきでしょう。もし人間が失敗すれば、それは神にとっても失敗となるのです。それによって生が出現し、「道」の歩みが保障されるこの神は、デカルトが考えるような神についてパスカルが言ったように、歴史を始動させるために指で最初のひとはじきを与えるだけで満足したような存在では決してありません(二四)。これからも生起することをやめない未来の神、モーセがその口から、「私は成るところのものである」と聞くことのできた、そのような神なのです。人間の生成は神の冒険の一部をなします。だから神自身も生成するのです。

未来の神は同時に想起する神でもあるということを明確にしておきます。なぜならば、真の未来とは経験した過去すべての変容であるからです。そもそもこのようにして、起こったこと、これから起こること、それが永遠の現在を形作るのです。何も忘れることなく神はすべてに寄り添い、すべてを受け入れ、最後にはすべてを変容させるでしょう。それは例えば、『失われた時を求めて』を書いているプルーストのような人が、独自のごく人間的なやり方で理解していたことです。その作品と生涯の終わりに、彼はベルゴット〔プルーストは前出。六六頁の割注を参照。ベルゴットは作中人物で小説家〕の死について、このように言っていました。「死に絶えてしまったのか？　だれがそう言えるだろう？（……）あたかも自分が前世で負った責務の重荷と共に生まれるかのように、私たちの人生ではすべて事が運んでゆく。この世で生きてゆく状況においては、善行を施したり、細かな心づかいをしたり、礼儀正しくしたりすることでさえ、みな強いられていると私たちが思う理由は何もない。修業を積んだ芸術家にとっても同じことだ。作品が引き起こす感嘆の念は、ウジ虫が湧いている死んだ作者の肉体にはほとんど意味をなさない。例えば、かろうじてフェルメールという名前だけがわかる、永遠に正体を知られることのない一人の芸術家が、あれほどの技量と繊細さで描いた黄ばんだ壁面のような箇所を二十回も描き直すことを強いられていると思う理由はまったくないのだ。

現世においては報われることのないこのような義務はみな、違う世界に、つまり善意や良心のとがめ、自己犠牲に基づいているような世界、この世とはまったく異なる世界に属しているように思われる。そのような世界を出て、私たちはこの世に生まれ、それからたぶんそこに戻って、あの未知の掟の支配下でまた生きることになるのだ。私たちが知らずにその掟に従ったのは、だれが私たちのうちにそれを書き記したのかも知らずに、自らのうちにその教えを保っていたからである……」

私たちに対する危惧と気遣いがいかなるものであれ、想起する神は限りなく存在しながら、まだ沈黙を守りとおしています。とりあえず神は、変わりゆく宇宙がその運行の力学に最後まで従うままにしなければなりません。与えられているものの中からだけ、変容は起こりうるでしょう。この意味において、沈黙を強いられている神も神なりに、「弱い」のです。ですから私たち人間は、根源的な悪によって穿たれた深淵の底で、エティ・ヒレスム〔前出。四〇頁の割注を参照〕のいとしい声を聞くのです。それはかすかな声ですが、なんと明晰で毅然とした声でしょうか。「恐ろしい時代です、神さま。今夜初めて、燃えるような眼をして暗闇の中で私は目覚めたままでいました。人間が苦しみもだえる映像が次々と、途絶えることなく私の前を通り過ぎていきました。あなたに一つ約束いたします、神さま、別にたいしたことではありませんが。明日が抱かせるこの不安を、私は重しのように今日にぶら下げたりはしません。でもそのためには、ある訓練が必要です……

神さま、私はお手伝いをしてあなたが私の中で消えてしまわないようにしますが、あらかじめ何も請け合うことはできません。けれども一つのことだけがはっきり見えてきました。私たちを助けられるのはあなたではなくて、私たちこそあなたを助けることができます。そうしながら、私たちは自分自身を助けるのです。」エティが熱心に読んでいたリルケの、この有名な詩句に響きあうことばです。

どうなさいます、神さま、私が死んだら?
あなたの水差しである私が割れてしまったら?
あなたの飲み物である私が腐敗してしまったら?
あなたの衣、あなたの使命である私、
私がいなくなれば、あなたはすべての意味をなくします。(二五)

奇妙な共同の冒険ですが、実際に価値のある唯一の冒険です。繰り返しますが、そうでなければ宇宙のあらゆる光輝がむだになってしまうからです。そうです、たった一つの冒険しかありません。はるか昔から起こるべくして起こった冒険、悠久に続くはずの冒険です。それはどのようになされるのでしょうか。同じ秩序が無限に続くことによってでしょうか。私たちだれもがランボーのように、生涯のなんらかの瞬間にこう叫んだことがあります。「真の生などはない！」（二六）私たちの失敗すべてのために、神もまたこの叫びを発したはずです。生のプロセスを真の生の高次の秩序に転じさせること、この必要性は自明の理として課せられるでしょう。この世の生のすべての経験を抱え込んだ私たちは、そう望みますが、かなえられません。宇宙と生を生ぜしめた神が望むならば、それは可能です。

　神はどう対処するのでしょうか。苦しみも死も知らず、生を未曽有の恵みとしてではなく、自分たちに当然帰すべき単なる所与と見なすような、そんな未知のものたちの新しい世代を創造しなければならないのでしょうか。私たちは最初の「瞑想」のさいに、この実在をよそおう見せかけが無効であることを見てきました。真の生の秩序が現れるために神が必要とするものは、この世に生きる人間が得る全経験にほかなりません。この世で生を通り抜けて死を体験し、おのれのうちに渇きや飢えをまるごと抱え、あらゆる傷や欠乏も、真の生への限りない跳躍もみな抱え込んでいる人、そのような人たち全員を神は必要とするでしょう。成就されていない愛のあらゆる試練を通して、彼らの魂は身体と精神の恵みを吸収しました。魂となり、彼らはついに解放され、真の生を生きられるようになるのです。そのとき新たに、あの詩人〔キーツ〕の確かな直観の声が響いてきます。「この世は魂たちが成長する谷である。」

　そうです、冒険はただ一つしかありません。そして、私たち一人ひとりがたった一つの生しか持たないとしても、「生」とは全体で一つなのです。存在したということは永遠の事実です。なぜならば、それはあの崇高な約束――「私は成るところのものである」――に含まれているからです。

第五の瞑想

この「瞑想」中のいくつかの詩篇は、場合によっては改変したうえで以下の選集より採られたものである。

Cantos toscans, Unes, 1999; *Qui dira notre nuit*, Arfuyen, 2003; *Le Livre du Vide médian*, Albin Michel, 2004, rééd. 2009.

果てしない苦しみの木々と
果てしない喜びの雲は
ときに生のきざしを与えあう、
広大な夏のはずれで。

そのあいだを雲雀たちが通り過ぎるが
木や雲のことばは何も聞き取らず、
一つの泉だけが彼らを引き留めるだろう
死者たちに飲み水を与えるために。

けれども生きられたものは
　夢見られ
夢見られたものは再び
　生きられるだろう。

長い一夜であってもわれらには足りない
われらが知らぬうちに
　落ちた枝を燃やすためには、
煙のしつこい臭いを
　納屋にしまうためには。

どうかもう一つの王国から戻ってきますように
なくしてしまったと思っていたものが
去りゆきながら何も言わなかった者たちが。
彼らの無言の叫びがわれらの日々の糧であり
つらい別離の悲しみがそのまま戻ってきますように。
刺すような痛みも後悔も一続きであり

苦しみと心地よさは肩を寄せ助け合うものだから。

魚の後を追い、鳥の後を追うこと。
彼らが泳ぎ飛ぶ速さをうらやむならば最後まで
その後を追うのだ。その飛翔を追いかけ
その遊泳につきしたがい、しまいには無となる
ただの青となる。そこからある日
燃えるような変容が生じ

遊泳の欲望、飛翔の欲望そのものが生まれた青に。

死は決してわれらの結末ではない、
われらより大いなるもの
われらの欲望があるから。
それは始まりの欲望に
生の欲望につながっている。

死は決してわれらの結末ではなく
この世のすべてを唯一のものとする。
昼間の花々を開かせる露
景色を気高くする陽射し
閃光のように交差するまなざし

そして深まる秋の燃え立つ色合い
襲いかかり、とらえられずに薄れゆく香り
純粋な生得のことばを蘇らせるつぶやき
歓呼の声、歓びの歌が響き渡る時間
沈黙や不在にふさがれた時間
決して癒されはしない渇き
断ち切るには無限しかない飢餓感……

忠実な連れ合いである死は
われらのうちに絶えず穴を掘らせる
そこに夢と記憶を収めるために、
われらのうちに常に穿つことを強いる
自由な空気へと通ずるトンネルを。
死は決してわれらの結末ではない。
限界をおくことで

われらに伝えるのだ、
生の極限の要求
与えては高め
溢れ出て乗り越える要求を。

涙と露、流された血が混じりあう
腐植土にまで身を低めること、
それは侵されたことのない源、さいなまれた肉体が
　　原初の柔らかな泥土に相まみえるところ。
恐怖も苦しみも受け入れる用意ある腐植土、
すべてに終わりがあり、けれども
　　なにものも失われないように。

腐植土にまで身を低める、始まりの息吹の
約束が宿るところに。ただ一つの変貌の場、
恐怖と苦しみが平安と静寂を見出すところ。

そのとき腐敗したものと養われたものが
結びつき、終結《テルム》と萌芽《ジェルム》が一つになる。
選びの場。死の道は虚無へと通じ、
生きんとする欲望は生へとつながる。そう、奇跡が起こった、
すべてに終わりがあり、けれども
　すべての終わりが始まりとなるように。

腐植土にまで身を低め、腐植土そのものに
なることをうべなう、おのれが抱いた苦しみを
世界の苦しみに結びつけ、
黙した声を鳥の歌に、凍りついた骨を
　雪の花が顔を出す音に結びつける！

天使が合図をするとき
われらが知るのは、二重の王国が結ばれていること、
大風が端から端までこの世の領土を
駆けめぐるとき、こちらのことばはついに
もう一つの端にまでたどりつく。

生きるべきこと、生きられるもの、
喜びに向かうもの、そして未決であるものは
喪の現在、待ち望む現在を結びあわせる。
時間の停止はもはや
潜在する変化でしかない。

川の水は蒸発し雲となり、それから雨となり
落下し、永劫に回帰する流れに、
見えぬ姿で繰り返し補給する。
痛めつけられた顔、締めつけられた声は
気と血により美しく変容させられ、われらに戻りくる。

言い表しえぬもの、まだ成就されぬものが
予期されぬもの、思いがけぬものに加わり
ここで一つとなり、今この瞬間《とき》の泉となる。
これからはすべてを取り戻し、すべてを高め
尽きることなくほとばしり出る泉に。

天使が合図をするときに知るのだ、
われらから生まれたるものは
もはや生ずることをやめず

気づかれることなくわれらの先に出て
不意にわれらを乗り越え、救うのだと。

ときに不在のものたちがそこにいる、
より確かな存在としてそこにいる、
人間のことばと
人間の笑いに
あの荘重な基調を混ぜ合わせ、
それはただ彼ら不在のものだけが
保ちえるもの
彼らだけが
消し去れるもの。
あまりにも確かな存在としてそこに、
彼らはまだ沈黙を守っている。

深淵の底にいるものたちを忘れるな、
火もなく、灯りもなく、なぐさめる頬も
差し伸べる手もないものたち……彼らを忘れるな、
子供時代の雷光、青春の輝き――泉にこだまする生、
風のように駆けめぐる生――を覚えている人たちだから。
彼らはどこへ行ってしまうのだろう、
あなたが彼らを忘れるならば、想起する神よ。

あなた、永遠《とわ》にほとばしり出るものよ

押し寄せる被造物すべての方へ
豊かな陰影を投げかける息吹を
波から波へと伝えながら

ときにあなたは会釈を送る
遥か下方
釘づけられて動かぬ男に
教えさとし血を流す男に。

彼はあなたにならい
休むことなく生を
与え続けるだろう

枯れた森に

われらに語りたまえ
もうなにも失われないように、
松林を燃え上がらせる雷も
コオロギのいる熱い泥土も。

われらの声を聞きたまえ
短い夏の光輝からほとばしり
あなたの声に交じったわれらの声が
ついに王国を築けるように。

生に由来するものすべては
結びあうのだから
われらはしたがうことにしよう
月を連れ去る潮の満ち干に、
満ち干を戻す月に、
彼らなしにはわれらもない　そんな死者たちに、
彼らなしにはわれらもない　そんな生存者たちに、
弱まってゆくかすかな呼び声に、
継続する無言の叫びに、
恐怖に凍りつくまなざしに、
その果てには子供の歌が戻りくる、

戻りきて　もう行ってしまうことのないものに、
戻りきて　暗闇の中に溶けてしまうものに、
夜　見えなくなった一つひとつの星に、
夜に乾いた一粒一粒の涙に、
一つの生の一夜一夜に、
ただ一つの夜の
結びあうものが
みな集まる
それぞれの瞬間に、
忘却を奪われた生に、
廃止された死に。

われらはここ　深淵にいる、
あなたは謎のままでいる。

あなたがただ一言いうならば
われらは救われるのだが

あなたはまだ無言のままで
最後まで耳ふさぐようだ。

われらの心は硬くなりすぎて
底なしの恐怖がわれらの中に。

われら自身からやってくるだろうか、
優しさのひらめきは？

われらが一言いうならば
あなたは救われるだろう。

われらはまだ無言のままで
最後まで耳をふさいで。

あなたはここ　深淵にいる
われらも謎のままでいる。

ですからやってきたのです、主よ
生をじっと見つめるときが、
われらからではなく、あなたにしたがって。
最後までわれらに寄り添いたまえ。
すべての黄金が救われるように。
けれどもわれらが見失ってしまったあなたは
遅れずにやってくるでしょうか、主よ？

夜　光の母よ、
かの胸の中に真の光はある。

すでに血であり乳であり
すでに引き裂かれた肉であり

すでに優しさの道であり
すでに苦悩の道であり

すでに死ぬ覚悟をして
けれども常によみがえり

すでに最終の躍動であり
けれどいつでも

はじめての下書き。

しかしこれからも、われらはたたえねばならない
　あなたがそうしているように
われらのうちからほとばしり出て
　開かれた生へと向かい続けるものを
痛めつけられた肉体の中から記憶せよと叫ぶものを
流された血の中から正義を叫び求めるものを
苦しむものと死せるものをわれらがまだ
　敬うことのできる、まことにただ一つの道を

われら一人ひとりは有限なるもの
無限とはわれらのうちから生まれ

予期せぬもの、思いがけぬものでできている
欲望の彼方、おのれの彼方なるものをたたえる
最初の約束をわれらがまだ守ることのできる
　まことにただ一つの道を
果実をたたえる、果実そのものよりも
　限りのない風味を
ことばをたたえる、ことばそのものよりも
　限りのない響きを

再び見出された名前の暁をたたえる
交差するまなざしの夕べをたたえる
やせ細った顔の夜をたたえる
もうなにも期待せずとも、われらから
　すべてを待ち受ける瀕死のものたちの顔
われらのうちに永遠に失われたるものを
われらは奉納として差し戻そうと試みる

両手のひらを広げ、生が限りなく
ささげられるだろう、ただ一つの道。

コウライウグイスの歌が突然にやむとき
空間は死んでゆくものたちで満ちる。
一筋の水がとめどなく落ちて
奥底の岩々に穴が穿たれる。
谷は自らの音に耳を傾け
太古から続く心臓の鼓動の反響を聞く。

この小道を、ある夜
　われらはたどった
あなたはこの道を先に進みなさい
　わがまなざしの子よ
森の向こうには
　おそらく池が眠っている
あるいは高波のまにまに
　変幻する砂浜が
星々に明るく照らされたこの小道を
　あなたは先に進みなさい

風が吹きすぎ、露に濡れていても
　わが記憶の子よ
こちらの側に秋は
　その秘密を埋めたのだ
あなたのうちで時が飛び去ってゆく
　雁の呼びかけにわれを忘れたように。

レリチの悲歌（二七）

シェリーに

われらはついにここで出会った。遠くからの
あなたの呼びかけを決して忘れたことはなかったから
逆巻く波を超えて放たれた呼びかけ、
ある日、中国の谷間の奥底で聞いた
呼びかけを……ああ、なんたる運命の
奇跡か！　ここで、あなたの今生の別れの
この場所で、心臓に、この身体に届く近さで
突如あなたの声を耳にするとは。それはまだ

燃えるような陽射し、それとも和らいだ優しいささやき。
そう、われらはここで出会ったのだ、
私は幾多の空間の隘路と時の環を超えて、
あなたは彷徨の末に、この場所に常ならぬ
足跡を残して。ここに
この白壁の歌の殿堂がある、丘を背景として海に突き出すように。
変わることなき白さ、けれども変化を促すように。
燃える夕日の中で、それは高貴な王冠だ、
広がる星夜のまなかの巨大な星のようだ。

*

夜よ、夜よ、無限の暗闇よ。光の神秘について
夜は何を知っているのか。何を予見するのか
太陽と惑星地球のために。そしてあなたは、
地球の何を見たのか、選ばれし歌い手よ、
われらの常軌を逸した冒険の斥候兵よ。
それは塵の中の塵、空《くう》の空であるのか？

空しいだろうか、われらがのぞき込んだ深淵は？
空しいだろうか、われらが目指した頂は？
空しいだろうか、暴政に対するわれらの反抗、
人の残虐を前にしたわれらの恐怖は？
空しいだろうか、律動豊かにめぐる息吹から
われらがかすめ取った、あの忘我の時間
そのものでさえ？　地球という住みかではない
別の祖国はあるのだろうか？
われらの地とは違う、別の地獄はあるのだろうか？

＊

おお、深く感受するあなた、知れることを語りたまえ。
人は残虐をどこまで深く掘り下げうるのか、
われらに語りたまえ。底無きところまでか？
忘却はもはや通用しないから、
死そのものも決して終止符は打たないのか？
探求に探求を重ね生きたあなた、荒れ狂う波、

この比類なき星のものでしかないあの高波に
命を落としたあなた、われらに語りたまえ
この星の運命について知りえたことを。

＊

無限宇宙のただ中の閉ざされた劫罰の場か？
悪の精霊のための終わりなき実験の場か？
われらのこの地球、黒い星よ！
二世紀前にあなたの想像界に住みついていたかもしれぬものは、
生きているものたちが歓声にあおられ、
ライオンに食いちぎられ肉片となる闘技場か？
それとも拷問部屋や公開の火刑台か？　そこでは
生身の身体が叫びの果てに、灼熱の鉄器や炎のもとで
損なわれ、燃え尽きてゆく。それとも戦場の光景か？
刀剣に身をさらし、同じ肉体が骨まで切り刻まれ、
それから鳥たちに供されてしまう戦場の光景か？
人類は確かに絶えず進歩はする。けれども

たいてい、おぞましさの中での進歩だ！
あなたの後で、われらが証言できるのはこれだ。
自分の赤ん坊が放り投げられるのを目にする
腹を裂かれた妊婦たち、自らが生きたまま
埋められる穴を掘ることを強いられる男たち、
それに続いて、近代の怪物の無数の犠牲者たち、
破片まき散らす爆弾、中性子爆弾……常に強力化する爆弾、
化学兵器、細菌兵器……常により巧妙になる兵器、
人としての体面をみな砕いてしまう家畜用の貨車、
魂も身体も灰にしてしまう死の工場。
これらは塵の中の塵、空の空か？
忘却はわれらにまだ許されているのか？
死はわれらにとってまだ逃げ道となるのか？
われらは劫罰を受けた者たちの息子、
殉教者の息子だ！　彼らの渇き、彼らの空腹は
われらのもの。その必死にこらえたすすり泣きは

われらのもの。彼らのおかげで私たちは
春を吸い込み、永遠の夏を吐き出すことができる。
彼らのおかげでこの世の生を生き、
埋もれているかもしれぬ翡翠をまた探せるのだ。

＊

続けて倦むことなく自問してみよう。
根源的な悪、何ごとにも抑えられぬ巧妙さに
由来するあの悪にむしばまれた人間は、
恥ずかしげもなく、おのれが万物の尺度であると
自称することができるだろうか？　むしろ
生そのものの秩序を破壊できるのではないか？
人はより役立つ存在に戻るべきときではないか？
最初の使命と、より調和するように、
その使命は宇宙全体と、より調和するように。
宇宙の出現こそ、古代人たちが見たように
一つの栄光であったのだから。新たに称賛すべきときでは

ないか、始まりの「贈与」の想像もできぬ恵みを。
プロメテウスの火が変わらず活きているならば
キリストによる道は開かれたままだ。

＊

そう、見失っていた善をまた見つけること、
ありのままの真実を見つめること、そのようにして
確かな美を直視すること。あなたはエアリエルでありアルエット、
堕天使、あるいは生まれながらのダイモンだったから。
あなたは郷愁だったのか、それとも預言だったのか？
あなたは思考する人間を越えて、
未聞の歌に響き返す者ではなかったか？
あなたは火を盗む者というよりも、
照明《ひらめき》を引き起こす火花を運ぶ人だった。
あなたは坑夫のランプを額につけて、
この世の魔術を狩り出していった——それは
星ちりばめた天空、アザレアのきらびやかな野原、

丘々の曲線にぴたり一致する女の優雅さ、
厚い雲の蒸気へと変わる湖の水と
恋人たちのほほえみに変わる子供らの笑い、
あまりにも遥かな顔を熱く追い求め、
渇きをうったえるささやきを口づけが締めくくり……
それから、あなたが次々と喪の悲しみに浸るにつれ、
ほかの美がときにあなたを雷のように打った。
——避けられぬ剣を前にした気高く毅然とした
眼差し、優しい手が蘇らせる処刑された身体。

*

この名もない地の奇妙な約束よ！
自由な精神として場所から場所へとさまよい、
ある日あなたは地球上のこの地点へ、
アペニン山脈の、とある山の高みへとたどり着いた。
あなたの視線のもとでは水平線の限りまで
あれほど夢見た墓にして揺りかご、地中海が広がっている。

目覚めた魂のすべてをつくして海原を見つめながら、
そこに眠れる神々を見抜き、あなたの心は高揚した。
「この時よ、この大地よ、称えられてあれ。
感じとられたすべてが通るわれらの身体よ、称えられてあれ。
稲妻の一閃のあいだに――けれども星々に満ちる
驚くほど広大な空間のただ中、いかなる僻地の片隅で？
ここに脈打つこの小さな小さな心臓のひらめき、
ある夏至の一日であるこの午後に……
そうあらしめる奇跡よ、称えられてあれ。
それはある！　ありそうもないが否定はできぬこの生が、
これを最後として――つまりは永遠に、与えられたのだ。
この始まりの場所で光が
生の出現を更新する。セピア色の影から
黄金色とサファイアブルーが流れ出る。
そのとき腐植土からは苔と草の香気が立ち昇り、
固まりきらぬ火山岩でできた岩の熱を和らげる。

そのとき、目には見えぬ願望がざわめきとなって、
虫の羽音となって広がる。期せずして集められた
(それぞれが唯一で偶然のように生じた存在である)
生けるものたちはみな、その瞬間の美しさには
必要であったのだ。おお、記憶すべき婚礼の儀だ!
曲がりくねった根と漂う薄霧、とぎれとぎれに聞こえる
コウライウグイスと響き続ける滝の音の婚姻だ。
――そこにいるのはだれだ? 姿を見せず耳をかしながら、
形与えられたものと会うときには姿を見せながら――
ここだ、ここだ、蜜蜂の巣板は花の香りがして、
飛び跳ねる女鹿がそれを踏み散らし、エルフの羽に乗った
海辺の微風をモミの木が天空にまで運んでゆく……」

＊

向こうの低いところでは、ひっそりとした入り江が
誘いかけるように恋人の腕を開いている。
心の奥底で話しかけてくる波の声をあなたは聞く。

「苦しむ魂よ、自らに休息を与えなさい。今からは
客となり、ここを滞在の地とするのです。
あなたの心がそれにふさわしいならば、これはみな
あなたの夢のために作られたのです。」
素直にあなたは立ち上がり、入り江へと降りてゆく、
永遠に現在《いま》と結びつけられることになる
あなたの最後の滞在地へと向かって。
ああ、夜明けよ、目もくらみ待ちかまえる海よ、
来たれ。あなたは海に身を浸す、
世界の朝の光に抱かれて。
夕日よ、征服され奉納物となった海よ、
来たれ。あなたは海に身を浸す、世界の外の
あらゆるものの輝きに身を任せて。
愛の中で女は海となる、満月が海を
引き寄せるとき。かよわい小舟に揺られて、
あなたのことばは恋する魂を魅了する。

神の滞在地？　人間の滞在地？
周りの漁師らの笑いと涙を分かち合い、
物惜しみせぬ太陽のもとで、あなたは故国に
苦しみあえぐ者たちを決して忘れはしない、
じめじめしたその路地も、カビの生えた牢獄も。
それでも美があることをどうして否めようか？
美はもう光輝を手放すことはできない。
美の発露は永続し、われら自身は移り行く、
塵の中の塵、空《くう》の空として？　それならば
おさまらぬ不安はどこから来るのか？
この悲痛な狼狽はどこから来るのか？
広大なるものの中で一瞬のあいだ迷い、
人となったこの塵の粒は、いかなる魔法によって
見聞きし、心動かされ、ことばとなり、
交流しあい、長い長い歌に、
反抗と苦悩と称賛の歌になったのか？

歌うとはまさにそれだ！　歌うとは響き返すこと、
他のなにかではなく、〈存在〉に響き返すこと？
歌うこと、真に歌うとは〈存在〉の絶え間ない呼びかけに
身を高めること、それこそが生きるということ！
われらはもしや、この宇宙の脈打つ心臓であり、
この宇宙の目覚めた眼ではなかろうか？
あの息吹に身を任せ、常により高く、より澄明に、
呼びかけへのわれらの答唱は限りを知らず、
幾多の満たされぬ欲望を負って
永遠の果てにまで行くのだ。

＊

神の滞在地？　人間の滞在地？　おお、そうだ、
真実の美は栄光として顕現したがゆえに
輝きを失うことはなく、その飛翔も同じく
弱まることはないだろう。悔い改めず
ただ求めるだけのわれらのみ消えてゆくのだ。

至福のまなかにいるあなたなら知らぬはずはないが、
海は地上に好意を与え、地上はそれを
実に慎み深く受け入れる術《すべ》をもつ。
よそでは決して海はおのれの嵐の力を
手放すことはない。人は節度を知り、
少なきに、簡素に、ただ一つのものに
同意すること、それを覚えねばならない。
苦悩の道《ヴォワ》は内なる声《ヴォワ》に導き、
後悔の妄執《トウナイユ》は五臓六腑《アントウライユ》の叫びに導く。
かつて若い女の死の原因となり、今
友の死を悼んだあなたは理解したのだ、
おのれの内でオルフェウスの歌が成就したことを。
最後の別離の荒々しさにもかかわらず、
試練のときの恐怖の震えにもかかわらず、
死に突如屈することはあなたにとって
結局は公平なことと思われるのだ。

＊

「俺はここで火葬台に横たわり、手足は凍え、
髪は濡れそぼち、砂と海藻のにおいに
包まれている。おお、俺を取り囲む愛しい者たち、
どうか怖がらないで、悲しまないで、
涙にかきくれたままでいないでおくれ！
今や火に焼き尽くされていくこの身体など
放っておいてくれ。われらが抱える欲望は
われらより大きくはないか？　光を生み出した
原初の〈欲望〉に通じるほど大きくはないか？
だから俺を焼く炎が立ち昇り、夜空を引き裂くままに
しておくれ。夜は炎をこころよくむかえ、
銀河を開いてくれる、
　あの〈変容〉の大銀河を。（一一八）」

通りすがりの者よ、この場所に
置いていかないでおくれ
あなたの肉体の宝も精神の恵みも、
けれども、いくらかの足跡だけは残して。

いつか大きな風が
あなたのリズムをおのれのものとし、
あなたの沈黙、あなたの叫びをおのれのものとし、
ついに、あなたの道を定められるように。

訳注

（一）　原典の書き下し文は以下の通り。——「以て天下の母と為す可きも、吾其の名を知らず。之に字して道と曰い、強いて之が名を為して大と曰う。大なれば曰に逝き、逝けば曰に遠く、遠ければ曰に反る。」（『老子』、福永光司訳、ちくま学芸文庫より）

（二）　原典の書き下し文は以下の通り。——「反は道の動、弱は道の用。天下の万物は有より生じ、有は無より生ず。」（福永光司訳、前掲書より）

（三）　『オルフェウスに寄せるソネット』第二部、第十三歌の冒頭。

（四）　八行詩「房兵曹胡馬詩」の第五—六行。書き下し文は以下の通り。——「向かう所空闊無く　真に死生を託するに堪えたり」（川合康三編訳『新編　中国名詩選』（中）、岩波文庫より）。フェルガナは中央アジアの地名で、杜甫の詩では「大宛」となっている。

（五）　直訳すると「真ん中の空《くう》の息吹」だが、前掲の福永光司訳『老子』を参照して、このように訳した。「冲」

とは、福永によると、「渾然と一つに融けあったさま」を表す。
（六）　引用はアルチュール・ランボー（1854–1891）の詩「永遠」より。散文詩集『地獄の一季節』においては、「太陽と溶け合った海」と、表現を少し変えて引用されている。
（七）　原典の書き下し文は以下の通り。――「道は一を生じ、一は二を生じ、二は三を生じ、三は万物を生ず。万物は陰を負うて陽を抱き、沖気以て和することを為す。」（『老子』、福永光司訳、ちくま学芸文庫より）
（八）　旧約聖書「出エジプト記」第三章十四節。新共同訳では二文に別れ、「わたしはある。わたしはあるという者だ」と訳されている。本書原文では、be動詞にあたる動詞の時制は二つとも未来形になっているので、直訳調にすれば、「私は成るところのものであるだろう」となる。
（九）　フランス語のaventurier（冒険をする者）には、「山師」の意味がある。
（一〇）　一九三四年から三六年にかけて、中国国民党軍との争いの中で共産党軍（紅軍）がおこなった約一万二千五百キロメートルにも及ぶ大移動。
（一一）　フロイト精神分析学の用語。生の本能「エロス」に対して、無機物の状態に戻ろうとする死の衝動。
（一二）　新約聖書「コリント人への手紙1」第十五章五十五節。
（一三）　パスカル『パンセ』（上）、断章三百八番、塩川徹也訳、岩波文庫より。ただし論旨の関係上、訳語の「愛」を「愛徳」に差し替えた。また、パスカルの草稿を反映した塩川訳では、この部分は三つに分かれているが、チェンの引用では一連のまとまった文章となっている。パスカル（1623–1662）はフランスの数学者・物理学者にして思想家。キリスト教護教論を書くための覚書が死後「パンセ」としてまとめられ、「人間とは何か」を考察するモラリスト文学の金字塔となっている。
（一四）　原典の書き下し文は以下の通り。――「人は地に法《のっと》り、地は天に法り、天は道に法り、道は自然に法る。」（福永光司訳、前掲書より）

（一五）『静観詩集』所収、タイトルなしの詩の冒頭。

（一六）詩のタイトルは「辛夷塢《しんいお》」。原典書き下し文は以下の通り。——「木末　芙蓉の花／山中　紅蕚発す／燗戸　寂として人無し／紛紛として開き且つ落つ」（川合康三編訳『新編　中国名詩選』（中）、岩波文庫より）

（一七）詩のタイトルは「鹿柴《ろくさい》」。原典書き下し文は以下の通り。——「空山　人を見ず／但だ聞く　人語の響き／返景　深林に入り／復た照らす　青苔の上」（前掲書）

（一八）十字架から降ろされたキリストを抱いて、嘆き悲しむ聖母マリア像。

（一九）切妻屋根の下の三角形の壁面。古代・中世の建築では彫刻などの装飾を施した。

（二〇）オーストリアの精神分析学者フランクルのアウシュヴィッツ収容所体験記録の書を暗示している。

（二一）一八一九年、弟にあてた手紙の一節。「魂たちが成長する谷」の原文は the vale of Soul-making。詩語で現世を指す「涙の谷 vale of tears」をもじっている。「第四の瞑想」末尾で再出するキーフレーズ。

（二二）正確に言うと、キーツは二十五歳で、シェリーは三十歳になる直前に亡くなっている。

（二三）オックスフォード大学で学んだシェリーの声。

（二四）「私はデカルトを赦すことができない。彼はその哲学の全体にわたって、できることなら、神なしですませたかったのだ。しかし世界を動かすためには、神に最初のつまはじきをさせないわけにはいかなかった。」（パスカル『パンセ』（下）補遺語録2、塩川徹也訳、岩波文庫より）訳注（一三）参照。

（二五）『時祷詩集』、「修道生活の書」よりの引用。

（二六）散文詩集『地獄の一季節』、「錯乱Ⅰ」よりの引用。

（二七）「レリチ」は、第四の「瞑想」で語られたように、詩人シェリーが最晩年を過ごした地。ジェノヴァを中心とするイタリア北西部リグリア州にある。

（二八）この括弧に入った十三行分は、第四の「瞑想」で語られたように、難船により溺死して浜辺に打ち上げられた詩人シェリーが、その浜辺で火葬にふせられるとき、消滅していくおのれの肉体を見ながら魂の声として語るという体裁になっている。なお、「シェリーに」という献辞のついた「レリチの悲歌」は著者フランソワ・チェンの自作朗読CD（Audiolib, 2014）では朗読されてはおらず、「悲歌」直前の部分が、このシェリーの魂の声に続く最後の八行分に直接つながり、朗読は締めくくられている。

『死と生についての五つの瞑想』について

本書は、一九九八年に処女小説『ティエンイの物語』でフランスの文学賞の中でも著名なフェミナ賞を受賞、二〇〇二年にアジア系初のアカデミー・フランセーズ会員に選出されるなど、現代フランスの詩人・作家として揺るぎない評価を得ているフランソワ・チェンが二〇一三年におこなった一連の講演を活字化したもの（François Cheng, *Cinq méditations sur la mort: autrement dit sur la vie*, Albin Michel, 2013）の全訳である。チェンの邦訳としては他に、みすず書房から刊行されている二つの小説『ティエンイの物語』『さまよう魂がめぐりあうとき』（いずれも辻由美訳）があるが、後者所収の「ディアローグ（対話）」と、訳者辻氏によるインタビュー等、及びマドレーヌ・ベルトーによる研究書『フランソワ・チェンを読む』に拠って、その経歴を簡単に紹介してみたい。
チェンは一九二九年、中国の江西省に生まれ、日中戦争の戦火を避けて移り住んだ四川省で少年時代の大半を過ごしている。本書「第四の瞑想」でも語られているように、十五歳のときにキーツやシェリーなどのイギリスの詩によって西洋の文学に開眼し、次いでフランスやロシアの文学にも親しんでいくことになる。その後、南京大学で英語を専攻し学び始めるが、終戦後の混乱の中、奨学金を得てヨーロッパ留学への道が開かれる。イギリスとフランスという二つの選択肢があったが、チェンはあまりためらうことなく直観的にフランスを選んだという。「ディアローグ」の中で彼は、後になって考えてみた深い理由を挙げている。それは単に文学などの芸術創造に関する魅力だけではなく、フランスは西欧の中心を占めているという意識であり、そのような場で普遍性の理想を追求したいという半ば無意識の欲求があったのではないかと自己分析している。

それはともかく、一九四八年の終わりに十九歳でフランスにやってきたとき、チェンはフランス語をひとことも知らなかったという。翌四九年に中華人民共和国が成立し、その後祖国で知識人や芸術家が迫害されるような状況になりつつあることを知り、そのままフランスにとどまることを選んだ。二十歳前後という言語習得にとっては比較的遅い時期にフランス語の中に入り込んだわけである。物質的にも苦しい生活の中で「縁組した言葉」を手なずけることに格闘しつつ、フランス詩の中国語訳に取り組み、その成果は台湾と香港で出版され反響を呼び、後には祖国でも出版されることになる。一方、中国の詩に関する研究を通して、当時隆盛を極めていた構造主義のスター、ロラン・バルトやジュリア・クリステヴァらと交わることとなり、中国思想に関心を抱いていたジャック・ラカンとは特に持続的で緊密な対話の機会を持った。六九年に洗礼を受け、二年後にフランスに帰化、アッシジの聖フランチェスコにちなんだ名前フランソワを選んだチェンが研究論文のことばではなく、文学の創作のことばとしてフランス語で書くことが多くなっていったのは五十歳を超えた一九八〇年代であり、その八〇年代の終わりころに小説の執筆にも乗り出したという。

本書のキーフレーズとして、「私は成るところのものである」を挙げておきたい。これは第二の「瞑想」半ばに現れ、ついで「変容したことば」である詩という形で一連の講演をまとめる最終の「瞑想」へと続く第四の「瞑想」末尾近くに再び現れ、第四の「瞑想」そのものが三度《みたび》登場するこの文で締めくくられている。いかにも硬い訳と思われるかもしれないが、原文においてはフランス語の be 動詞にあたる être が二度単純未来形となっているので、さらに直訳調にすれば、「私は（これから）成るところのものであるだろう」となる。「神」という語は決して軽々しくは使いたくない語、できるならば使用を避けたい語であるとチェン自身は述べているが、このキーフレーズはそのような存在が発したとされる有名なことばである。

旧約聖書冒頭にある「創世記」に続き、イスラエルの民の苦難の歴史を語る「出エジプト記」の第三章、神の山ホレブで燃えて尽きることのない柴を見つけ、恐れつつ好奇心に駆られるモーセに主が語りかける。エジプトで苦しむイスラエルの民をファラオのもとから脱出させるために選ばれたとされるモーセが、私を選んだのは本当に父祖たちの神であると確信が持てない民があなたの名前をきいたらどう答えたらよいでしょうかと問うたとき、「神」はそのように答えている。これは英訳では通例、I am that I am., I am what I am. あるいは I am who I am. であり、本書の注に示したように、日本聖書協会による聖書新共同訳では二文に分けられ、「わたしはある。わたしはあるという者だ」となっている。

フランスで一般的な版であるカトリック・プロテスタント共同訳においては、主語「私」の述語である訳文最初の être は現在形であり、関係代名詞の後の être が単純未来形に置かれている。また口語訳聖書においては、二度生起する être はともに現在形である。これがともに未来形となっている訳としては、例えば現在に至るまで読み継がれている十九世紀のプロテスタント牧師であり神学者でもあったルイ・スゴン(1810–1885)訳による聖書、アルジェリアに生まれヘブライ語にも堪能であったアンドレ・シュラキ(1917–2007)による個人訳がある。ヘブライ語で書かれた旧約聖書原典からの件の文の動詞のフランス語訳としては現在形、未来形がともに可能であるという。イスラエルに移住し、エルサレムの副市長まで務めたシュラキの未来形には、ある思想的な選択——たとえ今はそう見えないとしても、必ずやイスラエルの民に働きかけるだろう主の存在——があったのかもしれない。

詩人チェンが読んでいるフランス語訳聖書における件の文の動詞の時制が二つとも単純未来形であるのかどうかは分からないが、この未来形は人間の生は生成する大きな「冒険」の一部をしているという彼の思想に合致していることは確かである。本書でこの「私は成るところのものである」が最初に表れる部分で詩人は、真の意味で存在するということは単にすでに与えられているものと位置づけられることではなく、常に躍動し生成するということであり、被造物すべてがそのようにふるまっているという動的なヴィジョンを提示している。人間の生とは目覚ましい前進も予期せぬ危険もいっぱいの冒険のようなものであり、その冒険を通して人は渇きや飢え、苦しみや喜びをまるごと抱えながら生を通り抜け、死を体験しなければならない。ところがチェンによると、この抱え込んだすべてのものは、身体や精神を通して、「魂」に吸収されるという。魂は精神とも違う。一人ひとりの誕生以前から存在し、一人ひとりの単一性を表す「通奏低音」であるこの魂とは何か。これがフランソワ・チェンの次作の主題となるものである。

内山憲一

著者／訳者について――

フランソワ・チェン（François Cheng）　一九二九年、中国江西省南昌に生まれる。一九四八年に渡仏。詩人・小説家・書家。二〇〇二年にアジア系初のアカデミー・フランセーズ会員に選出される。主な著書に、『中国の詩的エクリチュール』（*L'Écriture poétique chinoise*, Seuil, 1977）、主な小説に、『ティエンイの物語』（*Le Dit de Tianyi*, Albin Michel, 1998. 邦訳、みすず書房、二〇一一年）、『さまよう魂がめぐりあうとき』（*Quand reviennent les âmes errantes*, Albin Michel, 2012. 邦訳、みすず書房、二〇一三年）などがある。

＊

内山憲一（うちやまけんいち）　一九五九年、長野県に生まれる。東京大学大学院人文科学研究科博士課程単位取得満期退学。現在、工学院大学准教授。専攻、フランス文学。主な論文に、「バンジャマン・フォンダーヌの肖像――『ボードレールと深淵の体験』をめぐって――」（『仏語仏文学研究（東京大学）』第二六号、二〇〇二年）、主な訳書に、ミシェル・ビュトール『ポール・デルヴォーの絵の中の物語』（朝日出版社、二〇一一年）、詩集に、『おばけ図鑑を描きたかった少年』（港の人、二〇一六年）がある。

装幀——滝澤和子

死と生についての五つの瞑想

二〇一八年一〇月一五日第一版第一刷印刷　二〇一八年一〇月二五日第一版第一刷発行

著者――フランソワ・チェン
訳者――内山憲一
発行者――鈴木宏
発行所――株式会社水声社
東京都文京区小石川二―七―五　郵便番号一一二―〇〇〇二
電話〇三―三八一八―六〇四〇　ＦＡＸ〇三―三八一八―二四三七
［編集部］横浜市港北区新吉田東一―七七―一七　郵便番号二二三―〇〇五八
電話〇四五―七一七―五三五六　ＦＡＸ〇四五―七一七―五三五七
郵便振替〇〇一八〇―四―六五四一〇〇
URL : http://www.suiseisha.net

印刷・製本――ディグ

ISBN978-4-8010-0361-3